よろず占い処　陰陽屋あらしの予感

天野頌子

ポプラ文庫ピュアフル

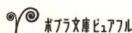

もくじ

よろず占い処

陰陽屋あらしの予感

第一話

乙女心と冬の空

一

日本中がにぎやかなクリスマスムードにつつまれる十二月中旬。

今日も東京都北区《きたく》王子《おうじ》にある陰陽屋《おんみようや》の階段では、アルバイト式神《しきがみ》の沢崎瞬太《さわざきしゆんた》がせっせとほうきを動かしていた。今の時期は、掃いても掃いてもすぐに落ち葉がつもってしまう。ほとんどが黄色いイチョウと赤茶色の桜の葉で、たまに真っ赤なもみじが混じる。近くにある王子稲荷《いなり》神社のもみじだろうか。

「掃除は嫌いじゃないんだけど、寒いのがなぁ……」

瞬太の仕事着は、夏も冬も、牛若丸《うしわかまる》のような童水干《わらべすいかん》である。上は長袖《ながそで》だし、こっそり下にシャツを着ることもできるのでいいのだが、問題は下だ。なんと袴《はかま》が膝丈《ひざたけ》で、素足に草履《ぞうり》なのである。つい、ふさふさの尻尾《しっぽ》を足に巻きつけて、暖をとってしまう。

「ふう、今日はこのへんでいいか」

瞬太はほうきの柄《え》を両手で握り、その上にあごをのせてぼやいた。三角の耳も下をむいてしまっている。

「あれ？」

瞬太は鼻をひくひくと動かした。

通りの方からただよってくるこの甘いシャンプーの香りは、もしや。

階段をかけあがると、都立飛鳥《あすか》高校の制服を着た少女が二人、森下通《もりしたどお》り商店街を歩いてきた。学校帰りなのだろう。通学かばんをさげている。

「沢崎君、お疲れさま」

小柄《こがら》でかわいらしい三井《みつい》春菜《はるな》が瞬太に声をかけてきた。甘い香りの主である。

「寒い中ご苦労さん」

きりりとした長身の美少女は、剣道部のホープからエースに昇格しつつある倉橋怜《くらはしれい》だ。二人とも瞬太の同級生である。

「いらっしゃい」

「毎日落ち葉がすごいから、掃除大変でしょ？　歩道のはしっことか、イチョウの葉っぱがいっぱいつもってるもんね」

同情のこもった三井の言葉に、瞬太は首を横にふった。

「おれ、イチョウの落ち葉を掃くのけっこう好きなんだ」

「どうして？」

「やっと銀杏《ぎんなん》の季節も終わったんだなって思うと、ほっとするから」

「銀杏が嫌いなの？」

「うーん、食べるのは嫌いじゃないけど、臭いがすごいだろ？　えっと、おれ、体質的に鼻が鋭いから、臭いが強すぎるものって苦手なんだ」

「体質的に鼻が……？」

三井は一瞬考え込んだあと、ああ、と、両手の指先をあわせてうなずいた。

「そっか、沢崎君は鼻がいい体質なんだっけ」

「へー、そうなの？　あ、そういえば兄さんたちが何か言ってた気がする」

倉橋怜の双子の兄は、こっそり入れ替わっていたところを瞬太に見破られ、ならぬ、嗅《か》ぎ破られたことがあるのだ。

「そうなんだよ。すごいね」

三井にほめられて、瞬太は、それほどでも、と、照れた表情になる。

瞬太は一見、普通の高校生だが、実は化《ば》けギツネである。普段は三角の耳もふさふさの尻尾も隠しているが、嗅覚《きゆうかく》と聴覚はかなり発達しているのだ。たとえば三井の甘いシャンプーの香りは教室の外からでもわかるし、食堂のメニューを見ないでも今日の定食が何かあてることができる。

「ところで今日も占いでいいのかな？」

「うん。店長さんいる？」

「いるよ。店の中へどうぞ」

瞬太は軽やかに階段をかけおりると、黒いドアをあけた。

蠟燭《ろうそく》と提灯《ちょうちん》しかあかりがない、薄暗く狭い店内には、小さな祭壇や古びた書物がならんでいる。

「祥明《しょうめい》、お客さんだよ。三井と倉橋」

瞬太が声をかけると、几帳《きちょう》のかげから若い男性がでてきた。白い狩衣《かりぎぬ》に藍青色《らんせいしょく》の指貫《さしぬき》、長い黒髪に銀縁の眼鏡《めがね》。店主の安倍《あべ》祥明である。

安倍祥明なんて、いかにも安倍晴明《あべのせいめい》をもじった偽名のようであるが、本名の安倍祥明《よしあき》をそのまま音読みにしただけである。そもそも店名からして、陰陽道の店だから陰陽屋ときたものだ。祥明のネーミングはいつも安直でひねりがない。

「おや、お嬢さんがた、いらっしゃい。陰陽屋へようこそ」

祥明は嫌味なくらいととのった顔に営業スマイルをはりつけて、にっこりと微笑《ほほえ》んだ。三井と倉橋は、月に一度は陰陽屋をおとずれる常連客なのである。

「こんにちは、店長さん。来年の運勢を占ってもらえますか？」

倉橋がはきはきと言った。

「わかりました。どうぞ奥のテーブルへ。おや？」

祥明は三井の顔を見て、かるく首をかしげる。

「お嬢さん、少し顔色が悪いですね。何か悩みごとでも？」

「えっ⁉」

三井はびっくりして、頬《ほお》に手をあてた。

「そうですか？　ええと、あ、今日まで期末試験だったから、寝不足なんです。そのせいかも」

「大丈夫？」

倉橋が心配そうに三井に尋ねる。

「うん。今夜ゆっくり寝ればなおると思う」

「お嬢さんの爪のあかを煎《せん》じて、キツネ君にも飲ませてやってもらえませんか？　見てくださいこの元気いっぱいの顔。どうせテストの時間中、ずっと熟睡していたんですよ」

祥明は瞬太のふっくらした頰を扇の先でつつく。

「いやー、テスト中は教室がめっちゃ静かだから、本当によく眠れるんだよね」

「おまえは音楽の授業中だってぐっすり眠れるだろう」

「まあね」

へへへ、と、瞬太は耳の裏をかいた。

二

陰陽屋の奥には、小さな丸テーブルがあり、占いや霊障《れいしょう》相談に使えるようになっている。テーブルの上には蠟燭が置かれ、ほのかな灯りがゆらゆらとあたりを照らす。

三井と倉橋が椅子に腰かけたのを見届けると、瞬太は几帳のかげに隠されたドアから休憩室に行った。お茶くみもアルバイト式神の仕事なのである。

お盆にお茶をのせて、暗い店内をそろそろと運ぶ。

「そういえば、店長さんと沢崎君は今年も大晦日《おおみそか》の狐の行列に参加するんですか？」

「その予定です」

三井の問いに、祥明はうなずいた。

狐の行列というのは、王子で毎年おこなわれている年越しイベントだ。その名の通り、狐のお面をつけた和服姿の人たちが、大晦日の深夜、装束稲荷《しょうぞくいなり》から王子稲荷までをゆるゆると一時間ほどかけて歩くのである。顔を白く塗った上に三角の鼻頭やひげを描くかわいらしい狐メイクも女性や子供に大人気だ。

「商店街の会長さんに頼まれて、面倒臭がりの祥明も断れなかったんだよ」

陰陽屋がある森下通り商店街は、狐の行列のルート後半にあたっているので、会長もかなり力が入っているようだった。

「店長さん、去年の行列で大人気だったもんね」

ふふふ、と、三井は思い出し笑いをする。

「三井と倉橋も参加するんだよね？」

瞬太が尋ねると、三井は顔をくもらせた。

「怜ちゃんは参加するけど、あたしはだめなの」

「えっ、どうして!?」

去年、瞬太と祥明を熱心に狐の行列に誘ってくれたのは三井と倉橋である。当然、今年も三井のキュートな着物姿を拝めるに違いない、と、瞬太は楽しみにしていたのだ。

「父が急に、今年の冬休みは一緒にスキーへ行こうって言いだしたの。上越《じょうえつ》のスキー場にある素敵なホテルも予約したんだよ、って。ほら、うちの父、スキー愛好家だから」

「上越に泊まるんじゃ無理だね……」

瞬太は心の中で号泣した。

狐の行列に三井と参加できないのはがっかりだが、旅行の予定が入ってしまったのではどうしようもない。

どうやら親友の倉橋は知っていたようで、おし黙っている。

「家族旅行ですか。楽しそうですね」

祥明の言葉に、瞬太ははっとした。

そうだ、これは三井にとっては喜ばしいことなのだ。

三井家はかなりかわっていて、年末年始は必ず、父はスキーに、母は登山にでかけてしまい、娘の春菜はいつも一人で留守番なのだと寂しそうに言うのを聞いたことがある。その三井家にいったい何がおこったのか想像もつかないが、家族旅行をするというのだ。きっと三井はすごく嬉しいにちがいない。

おれが悲しいのは我慢しないと……！

「よかったな、三井」

瞬太は悲壮な決意で笑顔をつくったのだが、三井はちょっと困ったような顔で首をかしげた。

「よかったの、かな？　母は登山がいいって主張してて、すごくもめてるんだけど……」

「登山？」

「母は必ず、新年は山に行くことにしてるの。だから、三人で新年をむかえるのはいいけど、スキーじゃなくて登山にしようって」

「ふーん」

一月一日は必ず富士山かどこかの山頂でご来光を拝む、とでも決めているのだろうか。

ああ、でも、三井の母はたしかプロの登山家だって言ってたから、もしもスポンサーがついていたりすると、スケジュールを変更するのは難しいのかもしれない。

「でもさ、お父さんがもう上越のホテルを予約してるんだよね？」

「それが、母は母で、三人分の航空券を手配してくれたみたい」

「航空券？　北海道の山にでも登るの？」

「ううん、キリマンジャロ」

予想外の答えに、瞬太は仰天した。

「キ、キリマンジャロ!?」

キリマンジャロ。聞いたことあるような、ないような。少なくとも国内じゃないことはたしかだ。

「ええと、キリマンジャロってどこにあるんだっけ？」

「アフリカのタンザニア。ルートを選べば初心者でも大丈夫なんだって」

「アフリカ……！」

瞬太は絶句した。日本から一歩もでたことのない自分にはあまりにも話が壮大すぎて、とてもついていけない。

「……ええと、ごめん、話がよくわからなくなってきたんだけど、お父さんは年末年始は上越でスキーをしたくて、お母さんはキリマンジャロに登りたいんだよね？」

「うん。二人の意見は、それぞれもう決まってるの。どっちにするか、あたしが決めろって言われてるんだけど」

「それで、三井はどうしたいの？　上越スキー？　アフリカ登山？」

　三井は頭を左右にふった。

「それが迷ってて。父と母のどっちのプランを選んでも、きっと、あたしが選ばなかった方がすねちゃう」

　三井はため息をついた。

「お父さん、お母さんのどちらが企画したかは別として、スキーと登山はどちらがお好きですか？」

　瞬太と三井のやりとりを黙って聞いていた祥明が口をはさんだ。さすがに上手《うま》い質問である。

「うーん、どっちもどっち、です……。両方ともあんまり興味がないから。運動って苦手なので」

そういえば、三井は陶芸部だった。

「えーと、そもそも何だって家族で一緒に新年をむかえるって話になったの？　これまでは三人ばらばらのお正月だったんだよね？」

「あたしのせいなの……」

瞬太の質問に、三井は暗い声で事情を語りだした。

三

それは十一月のことだった。

珍しく三人そろって食卓をかこむ朝。父の晃《あきら》は年末年始の上越スキープランを、母の能里子《のりこ》はキリマンジャロ登山計画を楽しそうに語っている。このままだと、また今年も自分は一人で留守番だ。ひとりぼっちのお正月。デパートから届くできあいのおせち料理。似たようなバラエティー番組ばかりのテレビ。

そう悟った時、三井は初めて、はっきりと不満を表明したのである。

「パパもママも、たまにはせっかくの冬休みを三人ですごそうとか思わないの？　クリスマスも年末年始も家族三人でむかえたことなんて一度もないよね？」

幼い頃からずっと心の中に封印してきた思いだった。

両親を困らせるようなことを言っちゃだめ。

それにどうせ、言ったからって、何かがかわるとは思えない。ただうちの雰囲気が悪くなるだけ。それなら自分が我慢していればいいことだ。

年末年始だけではない。体育祭も、文化祭も、授業公開日も、いつもそうだ。親が来ている同級生たちがうらやましかったが、言うだけ無駄だとあきらめてきた。

三井がずっと抱え込んでいた気持ちを解放してくれたのは、祥明だった。

「お嬢さんに必要なのは勇気ですね。今度ご両親に何か言いたいことがあったら、飲み込まないでぶちまけてしまうといいですよ。突然ご両親が過保護になることはないかもしれませんが、少なくともお嬢さんのストレスは解消されてすっきりします」

祥明のその言葉に、三井ははっとした。

自分はずっと、両親を困らせない、いい子を演じてきたのではないだろうか。

両親に「ああそう」と聞き流されてしまうのが怖いから？　それとも、わがままな子供だと嫌われるのが怖いから？

三井は制服の上から、祥明の護符をそっと押さえた。三井のために書いてくれた、勇気がでる特別な護符。

「パパもママも……あたしがひとりぼっちでも平気だと思ってるの？」

ぼそっと娘がもらした言葉に、両親はびっくりして顔をあげた。

「だって春菜は勉強があるから東京に残るって、自分から言ったんじゃなかった？」

「ううん。うちの中でそういう雰囲気ができあがってたから仕方なく留守番をしてただけで、一人がいいなんてあたしは言ってない」

二人の視線をさけるため、ベーコンエッグにむかって話す。

「春菜、もしかして、寂しかったの？」

能里子は陽焼けした顔の大きな目を、しきりにしばたたいている。どうやら娘の気持ちにまったく気づいていなかったようだ。

当たり前じゃない、と、大声でどなりたいのをぐっとおさえこむ。

「そりゃ、ちょっとは。ここのところ毎年、一人で留守番だったから。沢崎君なんか、去年、ご両親と狐の行列に参加してて、すごく楽しそうだったんだよ」

瞬太本人は勝手に両親についてこられて迷惑だったのだが、三井にはうらやましかったのである。

「怜ちゃんちだって、家族で狐の行列に参加してたし、他にも、ディズニーランドのカウントダウンとか、ニューイヤーコンサートとか、明治神宮の初詣でに並んだり、ハワイ旅行にでかけた子だっていたんだよ。なのにうちだけ一人で留守番ってひどいと思う。パパとママはそれぞれ自分の好きなことをやってて楽しいだろうけど……」

「ごめん。春菜に寂しい思いをさせていたなんて、パパ、全然気がつかなかったよ」

晃は相当ショックをうけているようだった。

「春菜はしっかりしてるし、いつもにこにこママを送りだしてくれるから、寂しくなんてないのかと思ってたわ。もっと早く言ってくれればよかったのに」

能里子も深々とため息をつく。

三井は三井で、今まで自分がずっと我慢を重ねてきたことに、父も母もまったく気づいていなかったという事実にがっかりした。うすうす察してはいたが、やはりそうだったのか。

だが、本当に知りたい両親の反応はこれからだ。

はたして、予定をキャンセルして、一緒に正月をすごそうと言ってくれるだろうか。

十中八九、「今年はもう予定を決めちゃったから」と形ばかり謝られて終わりだろうけど。

それともこの話はここまでで、さっさと次の話題にうつってしまうのだろうか。

三井はうつむき加減で、ジャムをぬったトーストを黙々と口にはこぶ。全然味がわからない。

ごめん、言ってみたかっただけ、本当は怜ちゃんの家に泊まりに行くから全然寂しくなんかないんだよ、と、二人を安心させるための演技をしてしまおうか。

だめだめ、ごまかしてどうするの。

せっかくふりしぼった、なけなしの勇気を捨てちゃだめ。

おそろしい沈黙が食卓を支配すること一分。

突然、晃が立ちあがった。

「よし、わかった、今年は三人で年越しスキーに行こう！　上越の雪は最高だよ」

「えっ⁉」

急な発案に、三井はびっくりする。

これはまったく予想していなかった展開だ。

「いい案だろう？　もうこれで春菜をひとりぼっちにする心配もなくなるよ。それに、春菜もそろそろ本格的な滑りを覚えてもいい年頃だと思うんだ。スキーはいいぞ！」

晃は右手に箸を持ったまま、親指をたててみせる。自分にグッジョブということらしい。

「ええと……」

三井は困惑した。

スキーはあまり好きじゃない。しかも上越はすごく寒そうだ。でも、せっかく父が誘ってくれているのだから、ここは同意すべきだろうか。

だが三井が答える前に、能里子が反対意見を表明した。

「ちょっと待ってよ。キリマンジャロの予定は変えられないわ。現地のポーターとか、何もかももう手配済みなんだから。どうせなら三人でキリマンジャロに登りましょうよ。コースを選べば初心者でも大丈夫だから。二人ともパスポートは持ってたわよね？」

「え、うん、持ってるけど」

「最近、若い女の子の間でも登山が大人気なのよ。これを機会に春菜も登山を始めればば？　すごく楽しいんだから！」

まさか母がこうくるとは。

さらなる予想外の展開に、三井はジャムトーストをかじりかけたまま呆然とした。

四

「三人で登るキリマンジャロってまたいつもと違う面白さがありそうよ。何て素敵なプランなのかしら。そうだ、家族登山のススメっていうエッセー書いちゃおうかな。それとも母と娘の女子登山？」

能里子はご機嫌だ。

「でも……」

三井はちらりと晃の方を見る。案の定、苦虫《にがむし》をかみつぶしたような表情をしていた。スキーのない年越しなんてありえないのだろう。

「キリマンジャロ登山なんて、移動時間もいれれば、最低でも一週間やそこらはかかるだろう?　天候によってはもっとのびるかもしれないし、そんなに会社を休めないよ。ここは春菜のためにも、三人でスキーにしよう。それがいい」

晃は一人で満足げにうなずいているが、能里子は納得しない。

「あら、春菜は冬休みが二週間もあるんだから、余裕でキリマンジャロに登れるわ。雲の上からご来光もおがめるし、お正月にぴったりよ。パパだってお盆休みを返上すれば、十連休くらいとれないことはないでしょ?　どうしても無理なら、登山口で見送りしてくれてもいいし。そもそも春菜はスキーなんて興味ないんだから、かわいそうよ」

「いやいや、登山なんてしょせん、山小屋に寝袋だから。食事だってろくなものじゃないんだろう?　その点、上越のホテルはフランス料理中心で、おせちもでるんだよ。ベッドだって広々ふかふか。スキーが嫌なら、ホテルでのんびり温泉にでもつかっていればいいさ」

「あら、山で食べればただのパンやチーズも、すごくおいしいんだから。そうそう、せっかくだしちょっと学校を休んで、ナイロビあたりを観光すれば?　ナイトサファリってすごく面白いのよ」

「そうやってすぐレジャーのために学校を休ませようとする親が多いのは問題だって、新聞でもとりあげられてたぞ。その点、上越なら学校休まないでもゆったり楽しめるから安心だよ。上越に滑りに行くよな、春菜?」

「せっかくだし、キリマンジャロ登ってみたいわよね、春菜?」

「春菜が行きたい方でいいんだぞ?」

「そうね、春菜に決めてもらいましょうか」

「え……ええと……あたし……」

両親の視線が痛い。

緊張して、てのひらにじわりと汗がにじむ。

「あたし……もう学校行かないと遅刻しちゃう」

三井はそそくさと席を立つと、通学かばんをかかえて玄関にむかった。

「どっちに行くか、考えといてね」

背後から能里子の声がする。

「う、うん、わかった。考えとく」

その朝以来、上越かキリマンジャロかの選択を迫られているのだという。

「父も母も自分のやりたいことに一直線だから、一歩もひかなくて、大変なの……。ずっとうちの雰囲気も険悪で、ピリピリしてるし。もうどうしたらいいのか、困っちゃって」

板挟み状態になってしまい、三井は心底困り果てている様子である。

「夫婦げんかは時々あるんだけど、二、三日で終わるのがいつものパターンなのに、今回は長いし、しかも、あたしが原因だし……」

両親の間で、どちらに行くか話し合ってくれればいいのだが、そんな情況ではないらしい。きっかけは三井の一言だが、もはや、スキー派と登山派のどちらに娘をひきこめるかの全面戦争である。

「もしあたしが上越を選んだら、きっとママがむくれるし、キリマンジャロにしたら、パパがふてくされると思うの。どっちに行っても気まずい年越しになりそう。でももう今日は十二月十一日だし、そろそろ決めないとキャンセル代が大変なことになっちゃう……」

三井はため息をついた。

「どうやら私のアドバイスが裏目にでたようで、申し訳ありませんでした」

祥明はため息混じりに謝った。

「えっ、どうしてですか？」

「こんなややこしい事態になるなら、ご両親には何も言うべきではなかったかもしれません」

まったくその通りだと瞬太も思う。

勇気がどうのこうのなんて祥明がそそのかさなければ、三井がこんなに追いつめられることもなかったはずなのだ。

三井の顔色が悪いのも、両親のことで悩んでいるせいかもしれない。

だが三井は細い首を横にふった。

「そんなことありません。悪いのは決められないあたしなんです。少なくとも、両親と一緒にお正月をむかえられることになったし。勇気がでるお守りをくれた店長さんには、すごく感謝してます」

「本当に？」

瞬太はおそるおそる三井の顔をのぞきこんだ。

もしかして、三井は優しいから、面と向かって祥明に文句を言うわけにもいかず、心にもない謝辞を言っているのではないだろうか。

「本当だよ。気まずくなっても、あたしの正直な気持ちを伝えられてよかったって思ってる。それより、来年の運勢を占ってもらわなきゃ」

三井は前向きに言うと、にこっと笑みをうかべる。

けなげだなぁ。

瞬太の胸はきゅんとした。

五

翌日は朝から冷たい雨だった。

瞬太がいつものように寝ぼけまなこで都立飛鳥高校までたどりつくと、一年二組の教室に三井の姿はなかった。

これまで三井は一度も遅刻などしたことないのに、どうしたのだろう。

「おはようございます」

朝のホームルームで、ひとつだけあいている席を見つけ、クラス担任の只野《ただの》先生が出欠簿をひらく。

「その席は、三井さんですね」

「先生、春菜、じゃなくて、三井さんは今日は熱で休むってメールがきました」

昨日一緒に陰陽屋へ来た倉橋が報告する。

「そうですか。風邪やインフルエンザがはやっていますから、みなさんも気をつけてくださいね」

只野先生が連絡事項を伝達している間、瞬太はぽっかりあいた席を見ながら、小さくため息をついた。

本当に風邪だろうか？　昨日は何の兆候もみられなかったが……。

三井のことを考えているうちに、うとうとしてしまう。

「知恵熱かもね」

昼休みの食堂で、倉橋は鼻にしわをよせながら言った。カレーの上にトンカツをのせるという、女子としては異例の旺盛な食欲を発揮中である。ちなみにカツカレーを注文したわけではない。カレーとトンカツをそれぞれ一皿ずつである。

瞬太は父の吾郎《ごろう》がつくってくれたお弁当で、ロールキャベツとごぼうの肉巻きと自家製スモークサーモンが入っている。再就職が短期間で終わってしまい、再び主夫に復帰した吾郎は、燻製《くんせい》熱が再燃中なのである。

「知恵熱って、もしかして、冬休みをどうするかっていうあれで？」

瞬太が尋ねると、倉橋はスプーンを動かしながらうなずいた。

「うん。ここのところかなり悩んでたから」

「三井さんがどうかしたの？」

瞬太の隣で野菜ラーメンをすすりながら、委員長こと高坂史尋《こうさかふみひろ》がきいた。ちなみに岡島航平《おかじまこうへい》はとんこつラーメン、江本直希《えもとなおき》は日替わり定食で、豚の生姜《しょうが》焼きである。

例によって、岡島と江本も母親がつくってくれた弁当を持ってきたのだが、昼休みまで待ちきれず早弁してしまったのである。

「冬休み、お父さんはスキーに行きたいんだけど、お母さんは山登りをしたいんだって。で、春菜は困ってるってわけ」

高坂の質問に、倉橋がおおざっぱな説明をする。

「そんなのアミダで決めちゃえばいいのに、春菜はまじめだからね」

「三井はさ、決められない自分が悪いんだ、なんて言ってたけど、どう考えても、自分の予定を押しつけてるお父さんとお母さんの方が悪いよね？　どっちかが折れてくれればいいのに」

「そうなんだけど、昔から、ことスキーと登山のこととなると、おじさんもおばさんも絶対にひかないから」

三井とは保育園時代からのつきあいだという倉橋はしみじみと言った。すっかりあきらめの境地らしい。

「春菜もあんな親のことなんか忘れて、この先一生、年末年始はうちに泊まればいいんだよ。兄さんたちも喜ぶし」

「一生って……」

さすが倉橋、言うことが豪快である。だが、それだと一生、両親とは一緒に新年をむかえないことになるんじゃないか？

瞬太は困り顔でスモークサーモンを口にはこぶ。こんな状況だが、山桜のチップの香りが食欲をそそる。吾郎は「冷燻《れいくん》初めてだし、試作品だよ」なんて言っていたが、なかなかのものだ。

「せめて兄弟姉妹《きょうだい》がいれば相談できたんだろうけど、一人で決断しないといけないっていうのはなかなか辛そうだね」

高坂が気の毒そうに言う。

「あのさ、何か三井の力になれることってあるかな？」

「沢崎が？」

倉橋に驚いたような表情でききかえされてしまう。

「うん。昨日からずっと考えてるんだけど、何も思いうかばないんだ。考えごとしてると、眠くなっちゃうし……」

「うーん」

カレーを着々と平らげながら、倉橋は首をかしげた。

「お見舞いに果物かケーキでも持って行ったら？」

岡島はおっさんくさい顔で、おっさんじみた意見を言う。

「悪くないんじゃない？　女子はたいてい甘いものが大好きだし、きっと三井も喜んでくれるよ。運が良ければ三井のパジャマ姿を拝めるかもしれないし」

自称恋愛エキスパートの江本も賛同した。

「ぱ、ぱ、ぱじゃま？」

瞬太はどぎまぎして、顔をほんのり赤くする。

「パジャマくらいでうろたえるなよ」

ぷぷっ、と、岡島が笑う。

「で、でもおれ、三井の家がどこにあるのか知らないし」

「倉橋さんに連れて行ってもらえばいいんじゃないかな？」

「そ、そうか」

高坂の助言に瞬太はほっとした。付き合っているわけでもないのに、一人でお見舞いに行くのはかなり気がひける。

「んー、期末試験も終わったし、部活再開だから一緒にお見舞いに行くのは無理かな。地図描こうか？」

「えっ……いや、それは……ちょっと……」

瞬太は口ごもった。決して倉橋は意地悪を言っているわけではない。春の全国大会出場にむけて、ほぼ毎日、剣道の練習をしているのだ。わかっているだけに、休んでくれとは頼めない。

「一人で行くのが怖いのか？」

岡島に図星をさされ、瞬太は、うっ、と、顔をひきつらせた。

「沢崎、マヨネーズが顔についてるぜ」

「う?」

江本が、このへん、と、自分の口の脇を指さす。

瞬太が顔についたマヨネーズを手の甲でぬぐっていると、倉橋が「あ」と、声をあげた。

「ひらめいた。陰陽屋さんに病気の回復を祈願するお守りあったよね」

「ああ、ええと、病気……へい? へん?」

「病気平癒《へいゆ》?」

高坂が助け船をだしてくれる。さすがは新聞同好会会長。難しい日本語もすらすらでてくるのだ。

「それそれ。病気平癒の護符あるよ。そういえば、病気の家族や友達のために買って行く人、時々いるな」

「それを春菜に差し入れすれば? 春菜は店長さんのファンだし、きっと喜ぶよ」

「そっか! わかった。祥明に頼んでみる」

瞬太は嬉々《きき》としてうなずいた。

六

午後には雨はあがったが、あいかわらず灰色の雲が厚くたれこめ、まだ午後四時前だというのににじわっと暗くなりはじめている。

そういえばもうすぐ冬至だっけ、と、陰陽屋への道を急ぎながら瞬太は思う。

息をきらしながら店内へかけこむと、祥明はいつものように休憩室のベッドで漫画を読んでいた。一応、いつお客さんが来てもいいように、狩衣と指貫の陰陽師《おんみようじ》姿にはなっている。

「祥明、あの、あれ」

祥明は瞬太をちらりと見ると、白い封筒をさしだした。

「ほら、病気平癒の護符」

「ありがとう！」

「おまえのバイト代から天引きしとくからな。店員割引で二千円にしておいてやる」

「うう……ありがとう」

ケチ、と、文句をつけたいところだが、今は祥明の機嫌を損ねるわけにはいかない。

「それで、その、この護符を今から三井に届けてきてもいい？　五時までには戻ってくるからさ」

「甘えるな、と、言いたいところだが、彼女はうちの常連さんだし、まあいいだろう」

「ありがとう！　大急ぎで行ってくるね」

瞬太は通学かばんをロッカーにほうりこむと、小走りで店からとびだした。

倉橋が描いてくれた地図を頼りに三井の家を探す。

三井邸は、王子駅前の大通りから首都高入り口の方に少し入った住宅街にある、おしゃれな北欧風の二階建てだった。淡いベージュの壁、白い窓枠、赤レンガ色の屋根、広いバルコニー、黄色のポスト。明るいうぐいす色のドアには菱形の小さな窓が四個つけられていて、それぞれ色の違うガラスがはめこまれている。

瞬太はドアの前で深呼吸した。追い返されたらどうしよう。いや、倉橋がメールで護符のことを知らせておくって言ってたし、大丈夫なはずだ。

どきどきしながらインターホンを押すと、「はい」と柔らかな声で応答がある。

「あの、おれ、沢崎だけど、えっと、お守りを……」

瞬太が言い終わらぬうちにドアがあいた。

「沢崎君、本当に来てくれたんだね。ありがとう」

パジャマではなかったが、久しぶりに私服姿の三井である。白いセーターの上からココア色の長いカーディガンをはおっていて、袖からちょっとだけ見えている指先がとても愛くるしい。熱があるせいか、頰がピンクで、ちょっと表情がぼんやりしている。

瞬太は思わず、いつもと違う三井に見とれてしまう。

「沢崎君？」

「あ」

我にかえった瞬太は、慌《あわ》てて護符の入った封筒をさしだした。

「あ、これ、祥明が書いてくれた護符。病気が早く治るように」

「ありがとう」

三井は嬉しそうに封筒から護符をとりだして見る。

「熱は大丈夫？　もしかしてインフルエンザ？」

「午前中病院に行ってきたけど、インフルエンザじゃないって。ストレスかも？」

「え……」

やっぱりそうなんだ。

つい瞬太は気の毒そうな顔で、三井を見てしまう。

「なんてね。ただの風邪でしょう、って言われた」

三井は一瞬だけ笑ったが、すぐに顔を曇らせた。

「あらあら、春菜の彼氏？」

瞬太の斜め後ろから声がする。ふり返ると、夕闇がたれこめる中、四十代前半くらいの小柄な女性が立っていた。冬なのにこんがりと陽焼けした顔、ニット帽からのぞく白髪まじりのショートヘア、ベージュのダウンジャケットに、黒いパンツ。両手にはビニールの買い物袋をさげている。おそらく三井の母親だろう。大きな目がよく似ている。

「お見舞いに来てくれたの？　ここじゃ寒いでしょ。あがってあがって。ちょうどお菓子を買ってきたから、お茶にしましょう」

「え、あ、ええと」

「ちょっとくらい、いいじゃない」

瞬太は有無を言わさず玄関に押しこまれてしまう。

リビングルームに通され、所在なげにもじもじしていると、むかいのソファに腰をおろした三井が申し訳なさそうに頭をさげた。

「ごめんね、沢崎君。陰陽屋さんに帰らないといけないんでしょ?」

「え、あ、いや、ちょっとなら大丈夫だよ」

本当は大急ぎで帰ると約束したのだが、つい平気なふりをしてしまう。

「うちの母は、よく言えばリーダーシップとか実行力があるんだけど、逆に言えば、すごく強引で、人の話を聞かないのよ……」

「そう、かな?」

たしかにその通りかもしれない。

瞬太は困り顔で、耳の後ろをかく。

「ところで今日、学校はどうだった?」

「うーん、おれ、いつも通り寝てたから、食堂の日替わり定食が豚の生姜焼きだったことくらいしかわからないや」

「そうなんだ」

ふふっ、と、三井が笑ってくれたので、ちょっと場がなごんだ。

七

ほどなく能里子がリビングルームにお茶を運んできてくれた。テーブルの上には、お茶の湯呑みと、ビニール袋に入ったままのシュークリームとエクレアとワッフルが並べられる。瞬太の母のみどりだったら、たとえスーパーの特売で買ったお菓子でも、一応、袋からだして皿にのせそうだが、能里子はおおざっぱな性格らしい。

「君《きみ》はどれが好き?」

「あ、じゃあ、シュークリームで」

「はい、どうぞ。このシュークリーム、すごくおいしいよ」

能里子はにこにこしながら手渡してくれる。

「ありがとう」

瞬太は不器用な手つきでビニールの袋をやぶり、ぱくりと三分の一ほどをかじった。パリッとしたシュー皮ととろとろのカスタードクリームのとりあわせが絶妙である。

「おいしい！」

瞬太は子供のように顔を輝かせた。

「そうでしょ。最近はコンビニのスイーツもかなり頑張ってるよね」

「うん！」

瞬太がこくこくうなずくと、能里子も満足そうに笑う。

能里子はたしかにすごく強引だけど、でも、意外にも気さくで感じのいい人だ。三井を苦しめる意地悪な怖いおばさんというイメージがあったので、瞬太は戸惑う。

「ところで、君、名前は何ていうの？」

「同じクラスの沢崎君よ」

シュークリームで口がいっぱいの瞬太にかわって、三井が答える。

「沢崎君は本当に春菜の彼氏じゃないの？」

「違うわ、ママ」

きっぱりと否定され、瞬太は心の中でしょんぼりする。まごうかたなき事実なのだが、ちょっぴり寂しい。

「沢崎君は陰陽屋さんでアルバイトをしていて、病気が治るお守りを届けてくれたの」

三井は病気平癒の護符を能里子に見せる。

「ああ、陰陽屋さんの。春菜から聞いてるわよ。店長さんがすごく背の高いハンサムなんですって?」

「まあね」

瞬太は口の端についたシューのかけらを手の甲でぬぐいながらうなずく。

「あたしも一度行ってみたいなって思ってるのよ。中国風のかわった占いとか、手相占いとか、いろいろやってもらえるんでしょ」

「うん、そうだよ」

どうやら娘からは祥明の話しか聞いていないようだ。アルバイトのアの字もでてこない。さらにしょんぼりした瞬太だが、またとないチャンスだし、例の件を直接ぶつけてみることにする。

「あの、三井のお母さん、冬休みなんだけど……」

「春菜とどこかへでかけたいっていうのなら残念ながら無理よ。あたしと一緒にキリマンジャロに登ることになってるから」

能里子は言い切った。

「あれ？　もう決まったの？」

昨夜のうちに家族会議でもあったのだろうか。

瞬太が尋ねると、三井は首を横にふった。

「ううん、まだ。父は上越スキーって主張してる」

「パパの我儘《わがまま》にも困ったものよね」

能里子は自分のことを棚に上げて呆《あき》れ顔をする。

「スキーは春休みじゃだめなの？」

「雪には時季があるから、って。父にとって新雪は格別らしいの」

まだ三井の板挟み状態は続いているようだ。

「えっと、あのさ、登山にするかスキーにするかは、じゃんけんで決めたらどうかな？　じゃんけんがだめならアミダくじとか」

うらみっこなしの方法で決めれば、三井も気まずい思いをしないですむのではないだろうか。きっと心の負担も軽くなるはずだ。

「そんな適当な決め方をするなんて論外よ。真剣に考えれば、絶対あたしの登山プランの方がいいって結論にたどりつくはずだから。最悪、パパは一人でスキーに行けばいいのよ」

瞬太の提案を能里子は一蹴《いっしゅう》した。とりつく島もない。

「あの、でも」

「それに山岳雑誌の編集さんに、女子高生の娘さんとキリマンジャロ登山なんて面白そうだから、ぜひエッセーを書いてくださいって頼まれてるし」

「えっと……」

たたみかけるように言われ、瞬太は言葉につまった。なんとか三井を助けたいのだが、ちっともいい案がうかばない。

「あらもうこんな時間！　風邪がうつるといけないから沢崎君はもう帰った方がいいわね」

「え？」

「じゃあまた遊びに来てね！　バイバイ」

「えっ、あの、三井のお母さん!?」

玄関に押しこまれた時と同様に、有無を言わさず、瞬太は追いだされてしまった。

お父さんにはまだ会ったことないからどんな人かわからないけど、これじゃ三井もストレスたまるはずだなぁ。

「あー、肩こったかも……」

瞬太はうーん、と、両腕を空にむかって伸ばすと、気を取り直して、陰陽屋への帰路を急いだ。

八

沢崎家では、冬は居間のこたつで食事をとるのが長年の習慣となっている。

今日の夕食は鍋で、鶏の水炊きだ。電気鍋の中でくつくつとおいしそうな音をたてて煮えている。

「それでさ、三井に護符を持って行ったら、たまたま買い物から帰ってきたお母さんとはちあわせしちゃって」

「あらまあ」

水炊きを小鉢にとりわけていた母のみどりの眉が、ピョンとはねあがった。

病院で看護師長をつとめるしっかり者のみどりだが、こと瞬太のこととなると、いちいちおおげさに反応する。自他共に認める過保護なのだ。

「お母さんに強引に玄関に押しこまれちゃったよ。びっくりした」

「おうちに入れてもらったの？　すごいじゃない。それで？」

ちょっと色めきたった様子で、夫の吾郎と目配せをしあう。

吾郎は専業主夫に復帰して以来、すっかり顔つきが穏やかになった。頬のあたりが少しふっくらしたかもしれない。趣味と実益をかねたガンプラも好評で、最近はモデラー仲間もふえ、楽しみながらつくっているようである。

「えーと、シュークリームおいしかった」

「そこはいいから」

みどりと吾郎は同時に言った。

「三井のお母さん、思ってたほど悪い人じゃなさそうだったけど、絶対キリマンジャロに娘を連れて行くって決めてるみたいなんだ。じゃんけんやアミダくじもだめだって言われたし、どうしたらいいのかなぁ」

「連れて行くって言ってるってことは、娘のことをかわいいとは思ってるのよね、きっと。そうでなければ、自分だけさっさとアフリカに行っちゃうはずだもの」

「うん、去年まで寂しい思いをさせて悪かったとは思ってるんじゃないのかな。そんなに母娘《おやこ》の仲が悪いようには見えなかったし。あー、でも、母と娘の登山エッセーがどうのこうのって言ってたから、それで連れて行きたいっていうのもあるみたい。あと、登山がスキーに負けるのは我慢ならないのかも？」

「娘への愛と登山愛と仕事がごっちゃになってるのかしらねぇ」

うーん、と、みどりは首をかしげる。

「それで三井さんのお父さんは？」

「お父さんはいなかったけど、やっぱりスキーは譲れないみたい。雪には時季があるからとか言ったらしいよ」

「新雪は最高らしいからねぇ。父さんの友だちにも、スキー好きが何人かいるけど、雪の季節になるとうきうきそわそわしだすんだよ」

吾郎は苦笑いをうかべた。

「そういうものなんだ」

「うん。しかし、普通だったら、奥さんにそこまで強硬に主張されたら譲歩するもんだけど、三井さんのお父さんはものすごく意志の強い人なんだろうね」

「あら、まるでいつもあたしがお父さんに譲ってもらってるみたいじゃない。たまにはあたしが譲ることもあるわよ?」

「はいはい、たまにはね」

吾郎は特に怒っているふうでもなく、鷹揚《おうよう》にうなずく。

「まあ普通、夫婦でも親子でも、一緒に暮らすにあたってある程度の譲り合いをするものなんだが、三井さんのご両親にはそれがないんだろうね」

「うん、あのお母さんと対等に渡り合ってるなんて、お父さんも相当な勇者だと思う。おれなんか言いたいこと半分も言わせてもらえなかったもん」

三井はいつもいろいろ言いたいことを我慢してきたって言ってたけど、あの母親相手では当然だなと思う。言ったとしても、片っ端から却下されるのなら、言うだけ無駄だってあきらめの気持ちにもなるだろう。

「三井さんはおっとりしてるように見えたけど、お母さんとは全然タイプが違うのね」

「いろいろ我慢したり、あきらめたりしてるんだよ、きっと」

「祥明さんじゃないけど、胃に穴があく前に言いたいことは言わないと。ためこみすぎは良くないわ」

ストレスは健康の大敵よ、と、みどりは看護師らしい心配をする。

「これを機会に、ちゃんと話し合うようにするといいんだろうけど、そんなお母さんとお父さんだと、どうかなぁ」

吾郎の懸念に、みどりも渋い顔でうなずいた。

「どこか適当な落としどころを見つけようにも、そもそも当事者二人が交渉する気ゼロみたいだし、困ったわねぇ」

うーん、と、沢崎一家は考えこむ。

「こうなったら、もう、あれね」

みどりがピンと人差し指をたてた。

「ん？」

「三井さんの大ピンチが祥明さんのせいだとは言わないけど、きっかけを作ったことは間違いないし、陰陽屋さんで解決してもらうしかないわ」

「たしかに祥明の舌先三寸はすごいけど、相手があのお母さんじゃ、説得できるかどうか……」

「上越とキリマンジャロのどちらがいい方角か占ってもらうっていうのはどう？」

「ああ、占いか。三井のお母さんも陰陽屋には一度行ってみたいって言ってたし、いいかも。さすが母さん！」

「母さんも陰陽屋さんの常連客だもん」

ふふん、と、みどりは鼻を自慢げに天井にむけた。


翌朝。

瞬太は始業チャイムがなりはじめた教室にすべりこむと、三井のそばにかけよった。チャイムを聞きながら、みどりの案を伝える。

「えっ、方角占い？」

三井は大きな目をしばたたく。

「うん。今日でも明日でも、うちの店に来てよ。お父さんとお母さんも一緒にね。祥明には話しとくから」

「うーん、母は陰陽屋さんに行きたがってたし大丈夫だと思うけど、父は無理かも……」

三井はあまり気乗りしない様子である。

「はい、みんな、席についてください」

チャイムがなり終わって五秒もたたないうちに、教室の前扉があいて、只野先生が入ってきた。

「占いがだめでも、祥明が何とかしてくれるかもしれないから、とにかく来るだけ来てみて」

そう言いながら、窓際の自分の席に行く。

三井の方をうかがうと、じっと考え込んでいるようだった。

九

翌日の夜七時すぎ。

陰陽屋は地下一階にあるので、エアコンをかけていても、夜はしんしんと冷えてくる。お客さんがいないとなおさらだ。

瞬太がふくらはぎを尻尾マフラーで暖めながら店内ではたきをかけていると、三つの足音が階段をおりてくるのが聞こえてきた。

そのうち一つの、ためらいがちな軽い靴音は間違いない。

「来た、三井と両親だ！」

休憩室で漫画を読んでいる祥明に声をかけると、はたきを提灯に持ち替えて、入り口まで走った。黒いドアをさっとあける。

「いらっしゃい」

予想通り、三井と母親が階段をおりてきたところだった。あと一人の男性が三井の父親だろう。

「こんばんは、沢崎君。パパ、同じクラスの沢崎君」

三井の父、晃は、疲れているのか、緊張しているのか、はたまた不機嫌なのか、ちょっと顔をこわばらせている。晃も色黒だが、こちらは陽焼けというより、雪焼けなのだろう。くっきり太い眉に、大きな鼻、黒いコートに包まれた中肉中背の身体《からだ》には、しっかり筋肉がついている。

「ああ、君がお守りを持ってきたっていう……おや？」

晃は太い眉をよせて、いぶかしげな表情をした。その視線は瞬太の頭上にそそがれている。

「ん？　おれの耳？」

瞬太は自分の耳をつついた。

「今、動いたように見えたんだが、そんなわけはないか」

見間違いだな、と、晃は目をこする。

「うん、動くよ。耳も尻尾も電動なんだ」

「まえテレビで見たわ。脳波をキャッチして動く猫耳っていうのがあるんですって。きっとそれよ」

能里子の解説に、猫じゃなくて狐の耳なんだけど、と、瞬太は心の中で訂正する。

瞬太の正体を知っている三井だけは、黙って笑っている。

「電動なのか。いや、よくできてるなぁ。触っていい？」

「壊れると困るから」

瞬太は急いで半歩後ろにさがった。触られると、本物の耳だとばれる危険があるからだ。

「そうなのか」

「けっこう高いみたいよ」

「ふーん」

晃は珍しそうに耳と尻尾を交互に見ている。なんだか恥ずかしいが、すっかり表情がなごんだようなので良しとしておこう。

三人が店内に入ると、中では祥明が待ち構えていた。

「いらっしゃいませ。陰陽屋へようこそ」

白い狩衣姿に全開の営業スマイルが、黄色い提灯の光に照らしだされる。

「あらま、噂通りの素敵なお兄さんね！」

「おいおい、本当に陰陽師なのか……」

祥明はそれぞれの感想に動じることなく、どうぞ奥のテーブル席へ、と、三人を案内した。

今日はあらかじめ依頼内容がわかっているので、丸いテーブルの上には式盤《ちよくばん》が置かれている。

「何だこれ？」

「これは式盤という、中国から伝来した占いの道具です。陰陽道ではこの式盤を使って、六壬式《りくじんしき》の占いをします」

祥明の説明に、晃は首をかしげ、能里子は興味津々だ。

「今日は旅行先の方角を占うということで承っておりますが、よろしいですか？」

「仕方ないわ。今回のことは占いで決めるようなことじゃないと思うんだけど、春菜がどうしてもってきかないから」

能里子は急にしかめっ面《つら》になった。

「まさか占いで決めることになるとは思わなかったなぁ……」

晃もぶつぶつとぼやきはじめる。

「待ってよ。パパもママも、どっちに行くかは、あたしが決めていいって言ったよね？　あれは嘘だったの？」

今にも帰りたそうな両親を、三井は一所懸命説得しようとした。

「せっかくここまで来たんだし、一応参考意見として占ってもらうか」

晃は下唇をつきだしながら、しぶしぶうなずく。

「それでは、よろしいですね」

「お願いします」

三井はこくりとうなずいた。

祥明はゆっくりと式盤をまわしはじめる。

「冬至から大寒にかけての月将の十二支は丑、来年の一月一日の日干支は……」

祥明はなにやら算出しているらしいのだが、他の人間には摩訶不思議な呪文にしか聞こえない。

「刑が意味するところは事故と争い、冲《ちゅう》は挫折と不和、会が団結、合は成就……」

少し不安げな表情をうかべる三井、気合いの入った眼差《まなざ》しで式盤をにらみつける能里子、祈るように両手を握り合わせている晃。

ピタリ、と、祥明の手が止まった。顔をあげ、にっこりと微笑む。

「お嬢さんにとって一番いい方角は、北東です」

「北東……⁉」

顔を見合わせる三人。

「東京から見て北東って、太平洋じゃない。寒中水泳に行けってこと？　強《し》いて言えば筑波山《つくばさん》があるけど、いくら方角がいいからって、それはちょっとね」

拍子ぬけした様子で、さめたお茶をすする能里子。

「まあ、あれだな。今年はもう三人一緒に年末年始をすごすのはあきらめるか」

晃も緊張がとけたのか、首をもみながら言った。

「そうね、今回はちょっと急すぎたわ。スキーも登山も季節に左右されるし、スケジュールの調整にはどうしても時間がかかっちゃうのよね。春菜はどっちか好きな方についてくるといいわ。で、来年から三人一緒に年末年始をむかえることにしましょう」

「……うん」

三井はがっかりしたような、ほっとしたような、複雑な表情でうなずく。

「じゃあ、帰りましょうか」

能里子が立ち上がろうとした時、ピシッ、と、扇を閉じる鋭い音が店内に響いた。

「来年があるといいですね」

祥明が冷ややかに言う。

「どういう意味？　まるで来年がこないみたいな言い方するわね。まさかマヤ暦の占い？」

能里子は呆れ顔で首をすくめる。

「家族は永遠だけど、スキーや登山には旬のタイミングがあるという発想が甘いと申し上げているんですよ。家族三人そろってすごせるチャンスは今年が最後かもしれない、それでもあえてスキーや登山を優先する覚悟がご両親にはあるんですか？」

晃はまたも下唇をつきだす独特の渋面《じゅうめん》をつくった。

「そんな大げさな。そりゃ、突然、家族の誰かが交通事故で死ぬってことも絶対ないとは言わないけどさ、確率はものすごく低いと思うよ」

「春菜さんはもう十六ですよ。来年はお嫁にいっているかもしれません」

「えっ⁉」

晃は不意をうたれ、口を半開きにしたまま硬直している。完全に想定外だったらしい。

「沢崎君、あなた、まさか春菜と⁉」

はっとしたように、能里子が瞬太を見た。

「えっ、み、三井とおれ!?　そ、そんな、いや、あはははは」

　慌てて首をふりながらも、顔を真っ赤にそめて照れまくる瞬太に、三井の両親は危機感を覚えたらしい。急に表情がけわしくなる。

「結婚以外にも、海外留学とか、地方に進学、就職するとか、お嬢さんが独立する時期はもう遠くないでしょう。そのことは覚悟しておられるんでしょうね？　たしか飛鳥高校では積極的に留学をすすめていると聞いていますが」

「春菜……!?」

　晃は心配そうに娘の顔を見おろした。

「来年は……ないかもしれない……覚悟……？」

　両親だけではなく、三井本人にも、祥明の言葉は驚きだったようだ。大きくみはった目を、忙しくしばたたく。

「あたしは……そんな……結婚とか、留学とか、全然考えてないし……」

　かわいい声が、少しかすれ、ふるえている。

「あたしは、ずっとお父さんとお母さんと……王子で……」

「ずっと一緒だよな」

「そうよね、春菜」

ほっとした様子で、能里子は娘の肩に手を置いた。

「ほら、春菜もこう言ってますよ」

「やれやれ、まったく、何を言い出すかと思えば」

祥明はすっと三井に顔をよせると、まっすぐに瞳をのぞきこんだ。

「お嬢さん、永遠に女子高生でいられるわけじゃないんですよ」

「………!」

三井の瞳が大きくゆれる。

肩が上下して、軽くあえいだように見えた。

ぎゅっとかたく握りしめた両手。苦しそうに、あるいは、せつなそうによせられた眉根。

震える唇を少しひらきかけては閉じ、そしてまたひらく。

右手で護符の入った胸ポケットの上を押さえ、一瞬目を閉じ、そして、ひらいた。

「店長さん、あたし、今、気がつきました」

しぼりだすように、一言一言を区切りながら、ゆっくりと声にする。

「ほう?」

「お父さん、お母さん、ごめんね。あたし、やっぱり、キリマンジャロにも上越にも行けない。狐の行列をみんなと一緒に歩きたいの!」

爆弾発言だった。

十

「春菜!?」

「三井!?」

両親と瞬太の三人が同時に驚きの声をあげた。

「一体何を言ってるの!?」

「素敵なホテルに泊まってお正月をむかえるより、地元の行事に参加した方がいいっていうのか!?」

「うん。あたし、今、はじめてパパとママの気持ちがわかったのかもしれない。家族はもちろん大事だけど、でも、もしもこれが王子での最後の年越しかもしれないって思ったら……あたし、狐の行列がいい」

三井は、胸ポケットの上にあてた手を握りしめる。

「最悪の場合、一緒にキリマンジャロへ行くしかないと思ってはいたが、まさか、狐の行列とくるとは……」

晃はうめくように言いながら、こめかみを押さえた。

「そんなに去年、沢崎君がご両親と狐の行列に参加していたのがうらやましかったの？」

能里子の問いに、瞬太ははっとする。たしかにあの時、三井はうらやましそうにしていた。

「親がついてきても、恥ずかしいだけだよ？」

瞬太は一応、経験者として助言してみたのだが、三井は首を横にふった。

「沢崎君のこともあるけど、でも、たとえパパとママが一緒じゃなくても、あたしは狐の行列に参加したい……」

「どういうことだ、春菜？　パパと一緒にいるよりも狐の行列がいいってことか？」

「そう……なるかも」

「聞くんじゃなかった……」

　晃は涙目である。

「家族で年末年始をすごしたいって言い出したのは春菜でしょ？　そんなにキリマンジャロが嫌だってこと？　それならそうと、はっきり言ってよ」

　能里子はいらだたしげにつめよった。

「キリマンジャロのせいじゃないんだけど……でも、狐の行列に参加したいの。あたしのことは気にしないで、パパもママも、好きなことをして」

「あなたが何を考えてるのか、さっぱりわからないんだけど！」

　母にせめられ、三井は頭をさげる。

「本当にごめんなさい」

「三井は優しいから、キリマンジャロか上越か、選べなかったんだよ、きっと」

　瞬太はなんとか三井をかばおうとした。

「それも、ないわけじゃないけど、でも……」

　三井は胸ポケットの上の右手をぎゅっと握りしめたまま、目をふせて口ごもる。

「ああ、つまり、一緒に新年をむかえたい人が誰なのかをよくよく考えたら、ご両親じゃなかったということですね」

祥明は扇をひろげながら、にっこりと微笑んだ。三井の顔はみるみるあざやかなピンクにそまっていく。

「そ、そ、そんな……」

口では否定の言葉をつむごうとしているらしい。だが、その上気した頬がすべてを物語っている。図星だったのだ。

「誰だ!?　誰と新年をむかえたいんだ!?　春菜!?」

晃は椅子から腰をうかせて、両手をふるわせている。

「まさか沢崎君なの!?」

キッと鋭い眼差しで瞬太をにらんだのは能里子だ。

「えっ、いや、たしかにおれは狐の行列に参加するけど……」

「あなた、長男?」

「へ?　そうだけど?」

「弟はいるの!?　まさか一人っ子じゃないでしょうね!?」

「一人っ子だけど……」

「最悪だわ」

能里子はテーブルにつっぷして頭を抱えた。

「いや、でも、あの、おれと三井は全然そんなんじゃないから」

「ショックだわ……。高校生にもなって猫耳つけてる男の子なんて、どこがいいのかしら……」

「ねえ、おれの話もちょっとは聞いてよ」

「春菜が親よりこんな子を選ぶなんて……」

「あ、あのー……もしもし？」

瞬太の声などさっぱり耳に入っていないようである。

困りはてた瞬太は、祥明に助けを求めようとしたが、扇で顔を隠して、肩をふるわせていた。どうやら声をたてずに笑っているらしい。

「春菜、本当にパパよりも沢崎君なのか？」

晃も、すっかり春菜のお目当てが瞬太だと思い込んでいるらしい。

「違うわ。ううん、沢崎君もだけど、沢崎君だけじゃなくて、怜ちゃんとか、怜ちゃんのお兄さんたちとか、クラスのみんなとか……他にも……」

「そんなしらじらしい言い訳なんかしないでいいよ……」

晃はポケットティッシュで涙をぬぐったり洟《はな》をかんだり、忙しそうだ。

「そ、そんなつもりは」

「春菜ももう十六だものねぇ。これが家族ですごす最後のお正月になるとは思わないけど、たしかに、もう、あと何回かでうちからでていってしまうかもしれないのね……」

祥明の言葉が、いきなり現実として迫ってきたのだろう。能里子は感慨にふけりまくっている。

「いやだ、春菜はこの先、ずっとパパとスキー正月をむかえるんだ！　猫耳坊主になんか渡さないぞ！」

晃は半ベソで抵抗した。すっかりだだっ子である。

「だから沢崎君とはそんなんじゃないって……」

「じゃあ誰なんだ！　たとえ地元のお祭りでも、パパは春菜が男とイチャイチャしながら夜道を歩くなんて許さないぞ！」

「それならお父さんも一緒に狐の行列に参加して、春菜さんに悪い虫がつかないように見張るしかありませんね。スキーには一月一日から行けばいいじゃありませんか。最悪キリマンジャロ行きを覚悟しておられたのなら、狐の行列くらいどうってことないでしょう？」

祥明のすすめに、晃はくやしげに歯がみした。

「むむむ、仕方ないか……！」

「えっ、パパも狐の行列に来てくれるの？」

驚いたのは三井である。

「そのかわり、春菜も三が日はパパと一緒にスキーだ！　いいね！」

「うん、ありがとう！　でも、ママもスキーに行けるの？」

能里子は、ふう、と、嘆息をもらした。

「ママは雑誌やツアー会社とのからみもあるし、登山予定を今さらずらすわけにはいかないから、一人でキリマンジャロに行ってくるわ。パパと春菜が二人で滑ってる間、ママだけ別行動なのは寂しいけど。そのかわり、春休みはママの登山につきあってもらおうかな。パパ、春菜が羽目をはずさないよう、よく見張っておいてね」

「もちろんそのつもりだよ」

晃は力強くうけあう。

こうして三井家の正月問題は一件落着したのであった。

十一

翌日はびっくりするほどの快晴だった。

雲ひとつない澄んだ青空の下、屋上にあがった瞬太は弁当をひろげる。高坂はカボチャコロッケをはさんだパンで、岡島はすきやきおにぎり、江本はツナマヨのおにぎりだ。

「もう冬休みまで十日しかないけど、三井さんの年越し問題は解決したの？」

「うん、三井はお父さんと狐の行列に参加することになった。で、元日から二人で上越に行くんだって。お母さんは予定通りキリマンジャロ登山」

高坂の問いに、瞬太は明るい声で答えた。

「へぇ、狐の行列になったのか。意外な展開だけど、一緒に歩けることになってよかったね、沢崎」

「うん」

瞬太は満面に笑みをうかべる。

そうだ、いろいろもめたけど、今年の大晦日も三井と一緒に行列を歩けるのだ。

「鼻の下のびてるぞ」

江本は瞬太の頬をつついてひやかした。

「興奮しすぎて耳を三角にしないようにな」

岡島もニヤニヤ笑っている。

「おっと」

瞬太は慌てて自分の耳をさわって、三角になっていないことを確認した。

「でもなんで狐の行列になったの？」

「ああ、それは三井が自分で言い出したんだ」

江本にきかれて、瞬太はおおざっぱに昨夜のいきさつを説明する。

「来年はもう娘と一緒にすごせないかもしれないって覚悟してるのか、って祥明に脅《おど》されて、三井のお父さんもお母さんもすごく慌ててた」

「さすが店長さん。脅しのツボを心得てるね」

高坂は缶コーヒーを飲みながら感心する。

「で、三井が、これが王子ですごす最後の年越しになるかもしれないのなら、狐の行列で、みんなと一緒に歩きたいって」

「みんなと?」

江本がいぶかしむように問い返した。

「おれとか、倉橋とか、クラスのみんなとかって言ってたかな?」

「ふーん、なんだかあやしいな」

岡島が胃の上をさすりながら、おやじスマイルをうかべる。

「お父さんとお母さんは、三井がおれのことが好きで、一緒に参加したがってるんだって勘違いしてたけど」

「それはないだろ」

「ないない」

「勘違いだね」

三人に異口同音できっぱりと断定され、瞬太はがっかりする。

「……おれもそう思うけど……なにも三人でいっせいに言わないでも……」

「でもさ、時間が迫ってるって意味では沢崎だってそうだろ？」

江本に言われ、瞬太は首をかしげた。

「え？　どうして？」

「一年生から二年生にあがる時、クラス替えがあるじゃん。来年も三井と同じクラスになれるとは限らないからな」

「ええっ⁉」

瞬太は愕然《がくぜん》とする。来年のことなんて、考えたこともなかったのだ。

「その前に沢崎が二年になれないって可能性もあるんじゃね？」

追い討ちをかける岡島。

「ど……どうしよう」

「早めに告白しといた方がいいな。クラスかわっちゃうと、顔を見るチャンスもなくなるぞ。学年は論外だ」

江本がきっぱり断言する。

「今年の告白は今年のうちに。年内にすませて、すっきりしちゃえよ」

岡島がつまようじを使いながら、さらっと言った。

「そ、そんな、大掃除じゃないんだから」

「夏休みには告白するって言ってたのが、もう冬休みだろ？　のんびりかまえてたら、あっという間に春休みになっちゃうよ？」

自称恋愛エキスパートの指摘に、瞬太はぐうの音《ね》もでない。たしかに夏休み前にもこんな話をしていた気がする。

「うう……」

「がんばれ！」

江本が両手を瞬太の肩におく。

「がんばる」

瞬太はこくりとうなずいた。

十二

あっというまに半月がすぎてやってきた大晦日の夜。

狐の行列のスタート地点である装束稲荷の周辺は、夕刻から明るくライトアップされ、夜がふけるにつれて次第ににぎわいを増してきた。狐メイクの子供たちによる軽快なお囃子《はやし》が、お祭りムードを盛り上げる。

大通りぞいにつくられたテント屋台のコーナーでは、甘酒やきつねうどん、おでんなどの温かいものが大人気だ。

行列が動きはじめるのは夜の十二時からだが、参加者たちは早めに支度をととのえて集合し、新しい狐面を買い求めたり、お互いに写真を撮り合ったりする。

「陰陽屋さん、こっちこっち」

「あたしとも撮って！　あ、瞬太君、シャッターここね」

「はーい」

今年も祥明は女性客にとりかこまれて、営業スマイルをふりまいている。

「あっ、沢崎くーん」

瞬太の視界にとびこんできたのは、振袖姿で手をふる三井だ。顔を白く塗り、目尻に朱を入れ、頬にひげを描いた狐メイクが妙に色っぽい。

一緒にいる倉橋は今年も剣道の袴をつけたりりしい女剣士スタイルである。

去年と違うのは、二人ともサイドの髪をねじって三角をつくり、狐耳っぽくしていることだ。

「み、三井……」

やっぱり狐に化けた三井はすごくかわいいなぁ、と、瞬太はうっとりする。

あれほど江本と岡島にはっぱをかけられたにもかかわらず、三井に何も言えずにいるうちに冬休みに突入してしまった。我ながら本当に情けないと思う。

だが、やっぱり三井みたいにかわいくて、いい匂いの女の子なんて他にはいない。

「ああ、沢崎君も参加してるんだったね」

苦い顔で言ったのは父親の晃だ。羽織袴で、メイクではなく、狐のお面を斜めにかぶっている。まだ勘違いが続いているのか、下唇をつきだして、瞬太をギロッとにらみつけている。

「こ、こんばんは」

瞬太がぺこりと頭をさげると、三井が小走りで近づいてきた。

「よかった、沢崎君を探してたのよ」

「えっ、おれを？　ああ、写真撮るの？」

今日の自分のポジションはカメラマンだ、と、瞬太はすっかり悟りの境地なのだ。

「カメラマンはいるから大丈夫。パパ、お願い」

「えっ、パパはカメラマンなのか⁉」

晃は不満げに唇をとがらせたが、ちゃんと高そうなカメラを持参している。

「沢崎君にはいろいろ相談にのってもらったから、お礼を言いたくて。店長さんにも」

「ああ、祥明ならそこにいるよ。おーい、祥明！」

「ん？　ああ、お嬢さんたち、狐耳ヘアなんですね。和服もとてもお似合いですよ」

すっかり顔にはりついた営業スマイルで二人をほめた。

「あ、ありがとうございます」

女性客全員に言っている営業トークなのだが、三井は狐メイクをしていてもわかるくらい、ぽーっと頬を赤く染めた。倉橋の方はほめられ慣れているので、「どうも」と微笑《ほほえ》んで、さらっと受け流す。

「あの、店長さん、今回は本当にありがとうございました」

「お気になさらず。キツネ君も私も、きれいなお嬢さんと行列を歩きたかっただけですから」

「そんな、きれいだなんて……」

今や三井はうなじまで真っ赤である。

ゴホンゴホン、と、わざとらしい咳ばらいで晃がわりこんだ。

「写真撮るから四人で並んで。あっ、やっぱり近づかないで！」

大騒動の末、何とか記念撮影を終える。

「おや、そろそろ整列の時間のようですよ。私たちも並びましょう」

「は、はい」

「キツネ君も」

「あ、うん」

瞬太は祥明の隣に並んだ。その後ろに三井と倉橋が続く。

「お、沢崎じゃん」

「さすがに狐の格好がよく似合ってるね」

高坂、江本、岡島の三人も、列に並ぼうとしているところだった。

高坂は今年も白いシャツの上から着物と袴をつけた書生さんスタイルだ。江本は普通に着物と袴で、岡島は羽織の上からマフラーを結んで帽子をかぶった和洋折衷スタイルだ。三人ともそれぞれ狐面を頭の後ろや横につけている。

「後ろにいるの三井だろ？　言ったのか？」

ひそひそ声で江本にささやかれ、瞬太はドキリとする。

「う、いや、こんなに人がいるところじゃ全然無理だよ」

「たしかに思ったより人が多いな」

江本はまわりを見回しながら言う。

どうやら紅白が終わったらしく、歩道の見物客がどっとふえてきた。人混みで寒さを感じないくらいだ。

「仕方ないか。三学期こそがんばるんだぞ」

「うん」

「何こそこそ話してるんだ？　もう出発だぞ」

「何でもない！」

祥明に見とがめられ、瞬太は慌てて前をむいた。三人は三井と倉橋の後ろに入れてもらったようだ。

新しい年の幕開けとともに、化けギツネとキツネに化けた人間たちの行列は進み始めたのであった。


いつもより少し遅めの、元日の朝。

沢崎家の三人は、こたつにあたりながらお雑煮を食べた。吾郎がつくったおせち料理もならんでいる。かまぼこも、ぶりも、えびも燻製にされているのが今年のおせちの特徴だ。

「三井さんとお父さんは今頃もう上越新幹線かしら？」

「それどころかもう滑ってるかも」

「昨夜は娘の付き添いで狐の行列に初参加したお父さんも、けっこう楽しんでたみたいで、よかったわね」

今回もみどりと吾郎はちゃっかり狐の行列に参加したのだ。瞬太の五メートルほど後方に並んでいたらしい。

「三井が、たとえ一人ででも狐の行列に参加するって言い張ったからね。ずっと一人でお正月をすごしているうちに、いつのまにか、親より友だちになってたのかな？」

「瞬太はにぶいわねぇ……」

みどりは、やれやれ、と、呆れ顔でつぶやく。

「えっ、母さん、それどういう意味？」

「三井さんのお目当てはどう見ても……」

「母さん気がついたの⁉　誰だと思う⁉　委員長⁉　倉橋の双子の兄さんたち⁉　まさか……まさか祥明じゃないよね⁉」

「教えない」

「えー……母さんのケチ！」

「三井さんに直接きけばいいでしょ。あら、お父さん、お雑煮すごくおいしくできてるわ」

こうなるともう、みどりは教えてくれないだろう。

「まあ、がんばれ。追加のお餅いるか？」

吾郎がはげましともなぐさめともつかぬ口調で言う。

「何だよ、父さんまで」

両親のあわれみのこもった眼差しに、口をとがらせながら餅を頬張る瞬太であった。

第二話

ジロ・マイ・ラブ

一

三井《みつい》に告白できぬまま年があけてしまい、とうとう三学期がはじまってしまった。

「一月、二月、三月。クラス替えまであと三ヶ月か。まあ三ヶ月あればなんとかなるよな」

陰陽屋《おんみょうや》から帰宅する途中の、住宅街の狭い坂道をのぼりながら、瞬太《しゅんた》は指折り数え、つぶやく。今日はまだ月がでていないので、澄んだ冬の夜空に星がきれいに見える。

瞬太が自宅の近くまでたどりついた時、ポケットの携帯電話がなった。珍しく父の吾郎《ごろう》からである。何か買い物でも頼まれるのだろうか。

「もしもし、父さん？」

「陰陽屋さんの仕事は終わったのか？」

「うん、もう家に着くよ」

瞬太がそう答えた三秒後、沢崎《さわざき》邸の玄関ドアがパッとあいた。

「瞬太、大変だ！」

吾郎は青い顔をしている。

「どうしたの？」

「ジロがいなくなった！」

「えっ⁉」

「詳しい説明は車の中でするから、すぐに乗って」

玄関からみどりもでてきた。

「はい、これ、おにぎり。お腹がすいたでしょ？　車の中で食べてね」

瞬太はランチボックスと水筒が入った温かいトートバッグを渡される。匂いからして、おにぎりの具は鮭と梅ぼしとウィンナーか。水筒は温かい麦茶だ。

後部座席に乗りこむと、瞬太は早速ランチボックスをひらいた。見事な三角のおにぎりだ。吾郎にはまだここまできれいな三角はつくれないから、みどりが握ったのだろう。

運転席に吾郎が、助手席にみどりが乗りこむと、慌《あわ》ただしく発進する。

「で、どうしてジロがいなくなったの？」

瞬太はおにぎりを頬張《ほおば》りながら尋ねた。

「所沢《ところざわ》のドッグランにジロを連れて行ったんだよ。そしたら、ちょっと目をはなしたすきにジロの姿が消えちゃったんだ」

「所沢？　わざわざ埼玉まで行ったの？」

普段は都内にある水元《みずもと》公園や木場《きば》公園あたりのドッグランを利用しているのだ。

「たまたま朝からすごくいい天気だったし、母さんも日勤でいなかったから、ドライブがてら車で遠出をしたくなったんだ。でも、さあ好きなだけ走っていいよ、って、リードをはなしたら、ジロはろくに走らないうちに昼寝をはじめちゃってさ。あんまり気持ちよさそうに寝てたんで、父さんもつい、ベンチでうとうとしちゃって……。目がさめたらいなくなってたんだよ」

「あー……」

気持ちはよくわかる。

ジロは昼寝をする時、鼻をスピスピいわせたり、お腹をゆっくり上下させたり、とにかく気持ちよさそうに眠るのだ。

しかもぽかぽかの陽射しに、時折聞こえるやわらかな葉ずれの音。

それは眠るなと言う方が無理だろう。

「おれなら夜まで寝ちゃうね」

「そうだろう？」

「でも、ジロはどこに行っちゃったんだろう？」

「ジロがいなくなったことに気がついて急いで公園の中やそのまわりを捜したんだけど、どこにも見あたらなかった。だから瞬太」

「わかった。おれが鼻で捜せばいいんだね」

「頼んだよ」

所沢の航空記念公園に着いたのは、夜九時半頃だった。駐車場に車を置いて、まずは三人でドッグランに行ってみる。

夜七時で閉まるドッグランには、人間も犬もおらず、静まりかえっていた。

「どう、瞬太？」

「うーん……」

瞬太は入り口からドッグラン内にむかって、自慢の耳で探索してみるが、犬がいるような物音はしない。瞬太は夜目もきくのだが、やはり犬らしき姿は見えない。

「だめ。音もしないし、何もいないみたい」

「においはどう？　ジロのにおいはする？　どっちに逃げたかわからない？」

「う……そ、それが……」

みどりの問いに瞬太は口ごもった。

「どうしたんだ？」

「犬のにおいはすごくいっぱいするんだよ。父さんや母さんの鼻でも、犬のにおいはわかるだろ？」

「そうだな」

吾郎は鼻をヒクヒクさせながらうなずく。

「でも、犬のにおいがいっぱい混ざりすぎてて、どれがジロだかわからない……」

「えっ!?　どっちに行ったか、追跡できないのか？」

「だって、おれ、警察犬じゃないし……」

自慢の鼻が案外役に立たなかったので、すっかり瞬太はしょげてしまった。

「そ、そうか……」

仕方がないので、懐中電灯を片手に三人で公園中をまわるが、犬も人もほとんどいない。ジョギングしている人をたまに見かけるくらいだ。

「散歩してる人もいないね……」

「こんなに寒いと、散歩どころじゃないわよね」

そう言うみどりの吐く息は白い。

「ジロはいったいどこへ消えたんだろうな……」

「きっとお腹すかせてるよね」

公園の外もぐるりと車で一周してみたが、やはりジロは見つからなかったのであった。

「名犬ラッシーみたいな賢い犬だったら自力で帰って来るんだろうけど、ジロはどうかしら」

みどりがため息まじりにぼやく。

「ジロもけっこう賢いと思うんだけど、所沢から王子は遠いよね」

「どうしよう……」

吾郎はいつになく暗い顔で頭を抱えたのであった。

二

翌日はどんよりした曇り空だった。冷たい北風が耳に痛い。

学校が終わった後、瞬太は大急ぎで陰陽屋へむかった。階段をかけおり、いきおいよく黒いドアをあける。店内にはすでに、吾郎とみどりが訪れていた。

「というわけで、うちのジロが昨日から行方不明なんです」

ちょうどみどりが祥明《しょうめい》に事情を説明しているところのようだ。制服姿のまま、瞬太もテーブル席につく。

「それは大変ですね。お気持ちお察しします」

祥明は紋切り型の言葉を返す。

「頼む、祥明、何とかしてくれよ！」

「祥明さんだけが頼りなの！　ジロを捜してください！」

「よろしくお願いします！」

「えっ!?」

　三人同時に頭をさげられ、祥明は困り顔で扇をひらく。

「それは私には無理です。どうしてもとおっしゃるのなら、方角を占うくらいはできますが、責任はもてません」

　占いは当たるも八卦《はっけ》、当たらぬも八卦、エンターテイメントとしての占いをお客さんに楽しんでもらう、というのが、陰陽屋のモットーなのである。

「それよりも、所沢の私立探偵に頼んでみたらどうでしょう？　ペットを捜してくれるところはけっこうあると思いますよ」

「何でだよ。人捜しはやったことあるじゃないか」

　瞬太はぷっと頰をふくらませて抗議した。とかく祥明は何でも面倒くさがるのである。

「そうですよ！　祥明さんはこのまえも先輩ホストさんを見つけだしたんですよね？　瞬太から聞いてますよ」

　みどりもくいさがった。

「ああ、まあ、雅人《まさと》さんはたまたま見つかったんですけど、あの時は新宿《しんじゅく》で見かけたという情報もありましたし、今回とは状況が……」

祥明は何とか言い逃れようとする。

「それを言うならジロだって、まだ所沢市内にいるはずですよ」

今度は吾郎だ。

「いや、新宿駅周辺と所沢市内では広さが全然違いますから、一緒にされても困ります」

「それを言うなら、日本のどこかにいるとしかわからなかった仲条《なかじょう》さんのお嬢さんだって見つけだしたじゃないですか。うちのジロも何とかしてください！」

「え……」

沢崎家の三人に取り囲まれてつめよられ、祥明は嘆息をもらした。

「わかりました。そうまでおっしゃるのでしたら、やれるだけのことはやってみましょう」

どうやら断れそうにない、と、観念したようだ。

「頼んだぜ、祥明！」

「キツネ君にも手伝ってもらうからな」

大喜びする瞬太にむかって苦々しげに言う。

「何でもまかせろ」

瞬太が胸をはると、祥明は猜疑心《さいぎしん》にみちた表情でちらりとながめ、やれやれ、と、首をふった。

「それで所沢の警察と保健所には問い合わせてみたんですか？」

「保健所にはジロらしき秋田犬は保護されていないそうです。警察って、行方不明の犬も捜してくれるんですか？」

吾郎が問い返す。

「わざわざ捜してはくれないでしょうが、迷い犬を保護した人が警察に連絡してくることもあるでしょうから、届けておいた方がいいですよ」

「なるほど。早速、連絡してみます」

吾郎はポケットから携帯電話をとりだした。

「父さん、ここ古いビルの地下だから、携帯は階段で使った方がいいよ」

「わかった」

吾郎は立ち上がると、黒いドアの外に出て行く。

「それからインターネットでも迷子ペット捜しの掲示板などがあるはずです。情報の発信は上海亭《シャンハイてい》の江美子《えみこ》さんが得意だから、相談してみるといいですよ」

陰陽屋の常連客である江美子には、去年の夏、同じ商店街の長山酒店《ながやまさけてん》のビール祭りを成功させた実績があるのだ。

「上海亭さんですね。早速行ってきます」

みどりも陰陽屋からでていった。

「おれは？　おれ、何かできる？」

「あとは、そうだな。ネットを見ない人は意外に多いから、チラシを作って電柱にはってみるか。ジロの写真はあるのか？」

「えーと、あ、これこれ。これが一番よく撮れてると思うんだ」

携帯電話の待ち受け画面を見せる。ジロは頭の上半分から背中にかけては茶色で、頭の下半分から胸、腹、四本の脚は白い。尻尾《しっぽ》はふさふさしているが、キツネほどの長さはなく、尻の上でくるんと巻いている。もふもふした毛深い耳はこぶりで、耳と耳の間隔がわりと広い。優しそうな黒い目をしている。

「高校生にもなって、犬が待ち受けなのか……」

祥明にあわれみのこもった眼差《まなざ》しをむけられて、瞬太は携帯電話を慌てて背中のうしろにかくす。

「うるさいな！　いいだろ、ジロは家族なんだから」

「いいけどね、別に。沢崎家は全員、ジロが待ち受けなのか？」

「ううん。父さんは赤いザクで、母さんはホヤぼーやっていうゆるキャラ」

「見事にわかれたな」

祥明は呆《あき》れ顔で眉を片方つり上げる。

「そういうおまえこそ、ゴールデンレトリバーの……何だっけ、そうだ、ジョンを待ち受けにしてないのか？」

「ジョンの顔を見ると母への怒りがこみあげてくるから、待ち受けにはしない」

祥明はきゅっと端整な口もとをひきむすんだ。

祥明の愛犬ジョンは、やきもちをやいた母の優貴子《ゆきこ》に、ある夜、こっそり捨てられてしまったのだ。優貴子は他にも、論文データの入ったパソコンにパインジュースをぶちまけたり、祥明の彼女にゴキブリのおもちゃ入りケーキをだしたり、数々の暴挙をはたらいている。決して息子が嫌いで意地悪をしているわけではなく、逆に、溺愛のあまり、息子が大事にしているものをことごとく排除するという、おそろしい母親なのだ。

「あ……ごめん」

優貴子の恐ろしさは瞬太も身にしみているので、素直に謝った。

「それより、その待ち受け画像でいいからポスターに加工しろ。連絡先を入れるのを忘れるなよ。たぶんメガネ少年あたりがそのへんの作業は得意だろう」

「ああ、委員長か。なるほど」

新聞同好会の会長である高坂《こうさか》は、実質一人で校内新聞の記事を書き、レイアウトから印刷までをこなしているのである。瞬太、江本《えもと》、岡島《おかじま》もたまに配布を手伝っているが、記事は書けない。あとは遠藤茉奈《えんどうまな》というストーカー体質の女子が、高坂のために情報収集を行っているくらいだろうか。

「じゃあ、チラシができたらうちの店にもはってやるから一枚持ってこい」

「うん、わかった」

瞬太は真剣な面持《おもも》ちでうなずいた。

三

翌日はおだやかな冬晴れだったので、昼食は屋上でとることにした。三学期になってからは初めてである。

「それで、委員長にジロのポスターを作ってほしいんだけど。よく電柱にはってある、迷い犬捜していますっていうやつを」

今日の吾郎の弁当は先週作った自家製ベーコンの残りと冷凍エビ焼売《シューマイ》とプチトマトだ。ジロのことが気がかりで、弁当に手間暇かける心境ではないのだろう。

「いいよ。後でその待ち受け画像を送っておいて」

高坂は野菜サンドを食べながらうなずいた。

「ありがとう。助かるよ」

「それにしても、おまえ、ジロが待ち受けなのか」

江本が祥明と同じことを言う。今日はたらこおにぎりだ。

「三井の写真とか全然ないわけ？　狐の行列で写真を撮るチャンスくらいいくらでも

あっただろう」

「うう……いざとなるとだめなんだ、おれ。緊張して、なかなかシャッターボタンを押せなくて、やっと押せたと思ったら他の人の頭が手前に入ってたり、手ぶれで何が何だかわからない写真になってたり……。こんな調子じゃ三月までに告白なんてとても無理な気がする……」

「そうか……」

江本は口ごもった。

「まあ、いいんじゃない？　慌てないでも」

岡島もカルビのおにぎりを頬張りながら、鷹揚《おうよう》にうなずく。

「でも四月になったらクラスかわっちゃうかもしれないし……。最悪の場合、二年生になれないかもしれないよね……」

瞬太は暗い声で言った。

飛鳥《あすか》高校は単位制なので、最低限の必修単位さえ確保しておけば二年生にはなれるのだが、瞬太の場合はそれすら大変なのである。

「たとえ学年がわかれても、一生会えないってわけじゃないから大丈夫だよ。そんなにしょげないでも何とかなるって」

　なんだか江本の様子がいつもと違うので瞬太は戸惑った。ちょっとまえまで、あんなに告白しろ、と、瞬太にはっぱをかけていたのに、どうしたんだろう。岡島だって、「今年の告白は今年のうちに」なんて言ってたような……？

「江本、何かあったのか？」

「え、そんなことないけど」

　江本の目がきょときょと泳いでいるように見えるのは気のせいだろうか。

「年末まではあんなに三井に告白しろってうるさかったのに、今日は……」

「まあ、おれも大人になったんだよ。人生はじっくり攻めることにしたっていうか」

　江本はいかにも嘘くさいことを口にする。

「あっ、江本、おまえもしかして、狐の行列で三井を見て……」

「えっ⁉」

　江本はぎょっとした顔で、おにぎりを握りつぶしそうになった。

「三井のことを好きになっちゃったんだろう⁉」

「違うよ、そうじゃなくて！」

「三井は陰陽屋の店長さんが好きなんじゃないのか？」

岡島がぼそっと言う。

「えっ⁉」

今度は瞬太がぎょっとする番だった。江本と高坂も驚いた顔で岡島を見る。

「祥明を⁉　三井が何か言ってたの⁉」

「そういうわけじゃないけど、店長さんに話しかける時、三井の顔、真っ赤だったぜ。狐の行列の時も、歩きながらずっと店長さんを見てたし」

岡島の答えに瞬太はほっとした。

「ああ、なんだ、そんなことか。三井だけじゃなくて、女の人はたいていそうだよ。顔が赤かったり、声がうわずってたり、中には手がふるえてる人もいるかな。うちの母さんもよくぽーっとして見とれてるし」

「まあ、そうなんだろうけどさ。でも」

なおも言いつのろうとする岡島にかわって、江本が口をはさんだ。

「沢崎の言う通り！　細かいことは気にするなよ、あははは」

わざとらしく笑う江本。高坂は視線をそらして、黙々と野菜サンドを口にはこんでいる。

　突然瞬太は、不吉な予感におそわれた。

「……そう言えば、三井の携帯の待ち受け画面、祥明なんだっけ……」

　そうだ。あの時から不吉な予感はしていたのだ。

「三井は、成績アップの効果がどうのって言ってたけど……あれ、本当なのかな……」

　女子は何かと成績アップを口実にして大願成就のお守りを買っていく。だが真の目的は、九割がた恋愛成就なのだ。胸の奥でずっとうずまいていた疑惑がうきあがってくる。

「いやでも、まえ倉橋《くらはし》の兄さんたちに好きな人がいるのかってきかれた時に、あこがれてる人ならいるけどって三井は答えてた……。あれ、もしかして祥明のことなのかな……でも……ええ？」

　瞬太は混乱する頭を抱え、ぐるぐるしはじめた。何か大事なことを自分は忘れているような気がする。そうだ、三井が狐の行列に参加を決めた時、祥明が何か言っていたような……。

「落ち着け、沢崎」

江本が、どうどう、と、瞬太の背中をなでた。

「勝手にあれこれ想像して混乱しても何もいいことないぞ。それに、ほら、万一、三井のあこがれの人が店長さんだったとしても、それこそよくあることじゃないか。うちの高校の女子はたいてい店長さんか倉橋怜《れい》のファンなんだから」

「そっか」

「そうそう」

自称恋愛エキスパートに肩をたたかれ、瞬太はほっとしたのだった。


翌朝、高坂は早速ジロ捜索のチラシ見本を作ってきてくれた。フルカラーの写真入りで、外見の特徴が簡潔にまとめられている。

「こんな感じでどう？　問題なければこれで刷っちゃうけど」

「さすが委員長、ありがとう！」

やっぱり高坂は頼りになる、と、瞬太は感心した。

「とりあえず五十枚つくってみるね」

「うん。早くジロ見つかるといいなぁ」

「沢崎君ちのジロ、いなくなっちゃったの？」

ポスターをのぞきこんできたのは三井だった。倉橋も一緒である。

「うん、所沢のドッグランから消えちゃったんだよ」

「えっ、そうなんだ」

三井が心配そうな顔をする。細い眉をかるくよせたところがまたかわいらしい。今日も髪からすごくいい匂いがする。

「警察や保健所には連絡したの？」

倉橋の問いに、瞬太はうなずいた。

「祥明に言われて、すぐに父さんが連絡した」

「店長さんが協力してくれてるなら安心だね。きっと見つかるよ」

三井はにこにこしながら言う。

「だといいんだけど……」

瞬太は笑おうとしたが、岡島の言葉を思い出して、なんだか微妙な表情になってしまった。

これはジロが心配だからであって、三井のことを不安に思っているせいじゃないぞ。

瞬太は自分に言い訳した。

四

ジロがいなくなってから一週間がすぎた。

沢崎家では、特に吾郎がしょげかえっていて、重い空気がたれこめる日々が続いている。

みどりが丹精こめた狭い庭では、ろう梅と水仙が甘い香りを競っているが、今は楽しむ余裕もない。

「ジロ、どうしてるのかなぁ」

陰陽屋の休憩室で制服から童水干《わらべすいかん》に着替えながら、瞬太はため息をついた。

「保健所だってなるべく犬の処分なんかしたくないだろうし、見つかったら連絡をくれるはずだから安心しろ」

祥明がベッドに寝ころび、漫画を読みながら答える。

「でも全然連絡ないんだ……。しびれをきらした父さんが、昨日も電話で確認したけど、保健所には保護されてないって」

「所沢には雑木林とか、犬にとって暮らしやすそうな環境がととのってるからな。野良犬ライフを満喫しているのかもしれないぞ」

「ジロは生まれた時から飼い犬で、自分でエサなんかとったことないのに……。お腹すかせてるだろうな」

「まるまる太った鳩やカラスがそのへんにいくらでもいるじゃないか。あとはゴミをあさるとか」

「ジロにそんな生活力あるのかなぁ……。逆にカラスに襲われそうで心配だよ」

「少なくともおまえよりは賢そうな顔をしてたし、大丈夫だろ」

「うん……。あれ？」

瞬太は耳をすませる。

「知らない足音だ。もしかして、委員長のチラシを見た人がジロの情報を知らせにきてくれたのかな!?」

瞬太は提灯《ちょうちん》をつかんで店の入り口まで走っていく。

「いらっしゃい」

勢いよくドアをあけて見上げると、階段をおりていたのは、祥明の幼なじみである槙原秀行《まきはらひでゆき》だった。一月だというのに、ブルゾンにジーンズという軽装である。

「やあ、瞬太君。あけましておめでとう」

「うん……おめでとう」

いかにも気がぬけた調子で、瞬太はあいさつを返す。槙原の足もとを見たら、新品のスニーカーだった。それでいつもと足音が違っていたらしい。

「おっと瞬太君、女の子でも待ってたのかい？　おれで悪かったね」

槙原は特に気を悪くしたふうでもなく、にやっと笑った。

「そんなんじゃないよ」

瞬太は慌てて否定する。

「なんだ、秀行か」

休憩室からでてきた祥明が、不機嫌な声をだす。

「よう、ヨシアキ、久しぶり。今年もよろしくな」

槙原は祥明のことを本名でよぶ。と言っても、本名も祥明《よしあき》なのだが。

「何か用か？」

「たまたま用事があって近くまで来たから、よってみたんだ」

槙原はいつものように、勝手にテーブル席についた。ポケットから缶コーヒーを二本とりだし、そのうち一本を祥明にさしだす。瞬太には缶ココアだ。

「おまえが不吉な顔なんかだすから、また母が何かやらかしたのかと思ったじゃないか」

祥明は文句を言いながらも当然のように缶コーヒーを受け取って、プルトップをあけた。

「今のところ、優貴子おばさんはおとなしくしてるみたいだぞ。絶対に陰陽屋と瞬太君には近づかないように、って、憲顕《のりあき》おじさんたちからかたく言われているみたいだし」

憲顕おじさんというのは、祥明の父のことである。

「ならいいが……。だが、おとなしくしていると言われると、それはそれで何か企《たくら》んでいそうで不気味だな」

祥明はこめかみに扇をあてて、渋面《じゅうめん》をつくる。

「ところで、そこの電柱に、迷子の犬を捜しています、見かけた方は地下一階の陰陽屋まで、ってチラシがはってあったけど、おまえ、犬捜しまで始めたのか？」

「まさか。あの犬は特別だ」

祥明は扇で瞬太の耳をつついた。

「あれはうちのジロなんだ……」

瞬太がしょんぼりと言う。

「えっ、そうなの⁉」

「あのチラシ、最初は店内にはっていたんだが、照明が暗くて全然見えないから、おもての電柱にはりなおしたんだ。正直、あんなチラシで見つかるとは思っていないが、何かやらないとキツネ君がうるさいからさ」

ここまでアルバイトに気をつかってやる店なんて他にはないだろう、と、祥明は恩着せがましく言って肩をすくめた。

「おまえのジョンが行方不明になった時のことを思い出すな」

「ジョンは自分からいなくなったわけじゃないし、ジロとは違うがな……」

祥明は暗い顔でつぶやく。

「瞬太君、早くジロが見つかるといいな」

「うん。ありがとう」

瞬太がこくりとうなずいた時、バタバタと階段をかけおりてくる靴音が聞こえてきた。

「あれ？　この靴音はたしか……。でもどうしてこんなに急いでるんだろ？」

瞬太は提灯を片手に、黒いドアをあける。

息をきらしながら階段をかけおりてきたのは、常連客の仲条律子《りつこ》であった。今日も古臭いデザインの茶色いオーバーに、焦げ茶色のタイツである。

「ばあちゃん、どうしたの？」

「大変よ、瞬太ちゃん！　店長さん！　ジロが見つかったわ。三日前からあたしの兄の家に迷い込んでたんですって！」

「えっ、本当!?」

嬉しそうに瞬太はピョンと尻尾をはねあげた。だが、落ち着け、と、祥明にぐっと肩をつかまれる。ちょっと痛い。

「仲条さんのお兄さんというと、まさか、以前群馬でお会いした方ですか？」

「そうよ。あたしの兄の、森田伸郎《もりたのぶろう》」

「やっぱりあの……」

感じの悪い、という言葉を祥明はかろうじて飲み込んだが、顔にははっきりと書かれている。

「ばあちゃんのお兄さんって、あの人かあ」

瞬太はようやく思いだし、軽くふった右手で左のてのひらをポンとたたく。

一年と一ヶ月ほど前の冬の日、陰陽屋に奇妙な依頼がもちこまれた。依頼主は槙原のバイト先の後輩である宮内夏央《みやうちなつお》。祖母の森田喜美代《きみよ》が「本物の遺言状を探し出せた人に、全財産を譲ります」という言葉を残して亡くなったため、なんとか見つけてほしい、という内容だった。祥明と瞬太は二度にわたって群馬の森田家まででかけたのだが、その時、同じく捜索に訪れていた夏央の伯父《おじ》の森田伸郎とその妹の律子からはさんざん嫌味を言われ、妨害工作を受けたのだ。

だが結局、陰陽屋チームが遺言状の入手に成功、祖母の遺産を相続した夏央は現在ヨーロッパに留学中である。

一方、律子は、群馬で嫌がらせをしていたのが嘘のように、今では瞬太を孫同然にかわいがっている。たいてい手作りのプリンを持ってきてくれるので、瞬太も楽しみにしているのだ。

「昨日たまたま用があって所沢の兄の家に行ってみたら、庭にジロそっくりの犬がいたのよ。兄にきいたら、首輪をつけているし近所の迷い犬だろうと思って放っておいたんだけど、もう三日もたつのに飼い主が引き取りにこないから、そろそろ保健所に連絡しないとな、なんて言うじゃない。それで、もしかして瞬太ちゃんちの犬なんじゃないかしらと思って、ジロ、って呼びかけてみたの。そしたら、ワン！って返事をして尻尾をふったから、間違いないと思うわ」

「所沢ならジロの可能性は高そうですね」

もうすっかり忘れていたが、そういえば、群馬で見かけた伸郎の車は所沢ナンバーだった。

「宮内夏央さんの伯父さんか……。宮内さん、元気かなぁ……」

一人だけ遠い目をしている秀行を無視して、瞬太は大喜びである。

「あのおじさんの家に迷いこむなんてすごい偶然だなあ。でも、とにかくジロが見つかってよかった～」

「この犬は瞬太ちゃんちのジロだと思うから、逃げないように保護しておいて、って、兄に頼んでおいたわ」

「ありがとう、ばあちゃん！」

「瞬太ちゃんのお役にたてて良かったわ。ジロがいなくなってからずっと瞬太ちゃん、しょんぼりしてたでしょ。心配してたのよ」

「一人っ子のおれにとってジロは弟みたいなものだから」

瞬太はちょっと照れたように言う。

「まだ五時前か。仲条さんの都合さえ良ければ、今からジロを引き取りに行ってきたらどうだ？」

「えっ、いいの？」

「店が終わってから所沢に行くとかなり遅くなるからな」

うっかり深夜に行ったりしたら、あのお上品なおじさんにどんな嫌味を言われることかしれたもんじゃないぞ……と、祥明は瞬太に小声で耳打ちした。

「もし仲条さんのご都合が悪いようなら、場所だけ教えてもらって、キツネ君と吾郎さんで行ってくるといい」

「ばあちゃんは忙しい？」

「あたしはいつでも大丈夫よ。一緒に行きましょう」

「本当に!?　ありがとう！」

早速、瞬太は吾郎に電話をかけて事情を説明し、車でジロを引き取りに行くことになった。

五

吾郎が運転する車で移動している間に、だんだんと夕闇がたれこめ、所沢に着いた時にはもうとっぷりと暮れていた。

森田伸郎の家は、ジロがいなくなったドッグランから所沢駅にむかって五百メートルほどはなれた所にあった。広めの庭がついた立派な邸宅である。庭の面積だけでいえば、沢崎家の倍ほどあるのではないだろうか。カーポートには一年前に群馬で見かけたセダンがとめられている。

「兄さん、あたしよ。律子です」

律子がインターホンにむかって言うと、「ああ」と、面倒臭そうな声音《こわね》の返事が聞こえて、玄関のドアがあく。

一年ぶりに見る森田伸郎は、少しだけ体型が丸くなっていた。年齢は六十くらい。長身でロマンスグレーの、上品そうな紳士である。チェックのシャツとチノパンツに、ざっくりとした綿のカーディガンというカジュアルな休日スタイルだ。

「兄さん、瞬太ちゃんとジロを引き取りに来たわよ。瞬太ちゃんは知ってるわよね？　群馬まで母さんの遺言状探しに陰陽屋さんと一緒に来てた子よ」

「あの時の」

伸郎は冷ややかな眼差しで瞬太を一瞥《いちべつ》した。思わず瞬太は首をすくめる。

「こちらは瞬太ちゃんのお父さん」

「はじめまして、沢崎です。このたびはうちのジロがお世話になり、本当にありがとうございました」

吾郎は丁寧に頭をさげ、菓子折をさしだす。だが伸郎は受け取ろうとしない。

「は？　ジロ？　何のことですかな」

「こちらでうちの犬が保護されているとうかがったんですが……？」

吾郎は戸惑い顔で律子の方を見る。

「ほら、だから庭にいるあの犬のことよ」

律子は玄関から庭の方へまわって、指さした。瞬太も急いで律子をおいかける。

夜目でもはっきりわかる茶色い背中に、くるりと巻いた尻尾。ちょっとはなれた耳。そして赤い首輪。たしかにそこで寝そべっているのは、ジロに違いない。

「元気だったか、ジロ！」

ジロにかけよろうとする瞬太の前に、伸郎がすっくと立ちはだかった。軽く両手をひろげ、瞬太の行く手をふさぐ。

「この犬はうちのポチだ」

「えっ!?」

三人は同時に驚きの声をあげる。

「でも、どう見てもこの犬、うちのジロだよ。一週間前にそこの公園のドッグランで行方不明になって、ずっと捜してたんだ」

瞬太は伸郎を見上げて、一所懸命説明した。しかし、伸郎は、フン、と、鼻先で笑い飛ばす。

「この犬は前々からうちで飼っているポチだ。君のジロと似ているかもしれないが、違う犬だよ」

「でも赤い首輪つけてるし。ジロ、ジロだろ⁉」

瞬太はよびかけるが、ジロだかポチだかはまわりの騒ぎなどものともせずクークーと熟睡している。

「おやそうかね。偶然うちのポチも赤い首輪なんだよ。ま、よくあるタイプの革の首輪だから見分けがつかないのも仕方ないがね」

「えー……」

瞬太は困り顔で律子に助けを求めた。

「ちょっと兄さん、何を言ってるの⁉　自分で迷い犬だって言ってたじゃない！　何がポチよ！　兄さんは犬を飼ったことなんてないでしょ⁉　犬小屋だってないじゃない」

「うるさいな。おまえの勘違いだろう。とにかくこの犬はポチだ。ジロじゃない。帰ってくれ！」

伸郎はジロそっくりのポチを両手で抱え上げると、玄関へ戻り、内側からドアをバタンと閉じてしまった。

「ちょっと、兄さん⁉」

いくらチャイムをならしても、ドアをたたいても、うんともすんとも反応がない。

「絶対にあの犬はジロなのに、兄さんってば一体どういうつもりなのかしら……？」

三人は途方に暮れて立ちつくした。


次の日、東京ではこの冬初めての雪がふった。幸い積もるところまではいかなかったが、おそろしく寒い。

瞬太は雪の中、重い足取りで陰陽屋に出勤した。

「はー……」

着替えながら、ロッカーにむかって深々とため息をつく。

「どうした？　伸郎さんの家で保護されていたのはジロじゃなかったのか？」

「たぶんジロに間違いないと思うんだけど……見た目だけじゃなくて、においもジロだったし……」

瞬太はうなだれながら、昨日の顚末《てんまつ》を祥明に語った。

「で、この犬はジロじゃない、ポチだって言って、返してくれないんだ」

祥明は眉をひそめた。

「理由はもしかして、遺言状の一件か？」

「そうかもしれない。ばあちゃんが言ってたんだけど、伸郎おじさんはおれたちのことをすごく恨《うら》んでるんだって」

律子が言うには、伸郎は母親の遺産を夏央に持って行かれた後、取締役を務めていた都市銀行も定年をむかえ、さらに、奥さんは北海道の大学に通う息子のところに遊びに行ったっきり帰ってこないのだという。

「兄さんは去年の今頃はまだ、社会的な地位も、財産も、家庭もあったんだけど、この一年で坂道を転がり落ちるように次々と失って、ひとりぼっちの寂しい年寄りになってしまったわけ」

「ひとりぼっちなの？」

「そうよ。あの立派な家に一人で住んでるの。それもこれも、全部陰陽屋さんのせいだって思ってるみたい。陰陽屋さんは夏央の依頼をはたしただけなんだから、恨んだってしょうがないんだけどねぇ」

所沢から帰る車の中で律子はしみじみ語ったのである。

そう語る律子自身も母親の遺産をもらいそびれたわけなのだが、その後、家出していた娘を捜しだしてもらったことで、陰陽屋への恨みは帳消しになっている。

「それで、八つ当たりっていうか、嫌がらせでジロを返してくれないいんじゃないかって。たしかにおれのこと、すごく冷たい目で見てたよ……。おれ、自分が人に恨まれてるなんて想像したこともなかったんだけど、こんなこともあるんだね。何て頼んだらジロを返してもらえるのかもわからないし、どうしたらいいんだろ……」

瞬太はすっかりしょげかえって、耳も伏せてしまっている。

祥明は、チッ、と、舌打ちした。

「遺産はともかく、定年や奥さんのことは、陰陽屋《うち》とは関係ないだろう。とんだとばっちりだな」

「そうなんだけどさ。不運の最初のきっかけを作ったのがおれたち、って恨んでるみたいで……。このままじゃとてもジロを返してもらえそうにないんだ。何とかしてくれよ、祥明！」

「うーん……」

さすがの祥明も考え込みながら、扇で自分の首すじをトントンとたたく。

「とにかく保護されている犬がジロであることを証明するしかないな。首輪に名前や住所は書いてないのか？」

「あっ、まえ母さんが書いてた気がする」

「なんだ、簡単じゃないか」

「そっか、首輪を見せろって言えばよかったんだな。じゃあまた日曜に父さんと所沢まで行ってくるよ」

「いや、相手が相手だし、油断は禁物だ。念のためにおれも行こう」

祥明は苦々しい口調で宣言した。

六

日曜日。

空全体を薄い雲がおおい、太陽が弱々しい陽射しをなげかけてくる。

再び吾郎が運転する車で、瞬太は所沢にむかった。同乗する祥明は、久々に黒スーツに黒シャツ、薄紫のネクタイというホスト時代の服装である。

近くのコインパーキングに車をとめると、三人は森田邸の前に並んだ。ダンジョンの入り口に立った冒険者の気分である。

「祥明、こっち」

まずはこっそり庭の様子をうかがう。伸郎が首輪の名前を確認させてくれないかもしれないので、先に証拠をおさえてしまおうという作戦である。

「あれ、ジロがいない。この前はあのさるすべりの木のあたりで寝てたんだけど……」

その時、いきなりはきだし窓があいた。

「人の家の庭で何をしているのかね。不法侵入で訴えるぞ」

ちょっと鼻にかかった嫌味な声の主は、もちろん、伸郎である。

「ご無沙汰しています。陰陽屋の店主、安倍《あべ》祥明です」

「君か……」

祥明の出現に、伸郎は驚き、それから、苦虫《にがむし》をかみつぶしたような表情になった。不愉快な記憶が脳裏をかけめぐっているに違いない。

「何の用かね？」

「もちろん、ジロを返してもらうためですよ。どこへ隠したんですか？」

「君までうちのポチがジロだなんて言っているのかね。ポチはもうずーっとうちにいるんだ。ジロとは違う犬だよ」

「証拠はあるんですか？」

「ああ、そこを見たまえ」

「あっ」

なんと、植え込みのかげに、真新しい犬小屋が置かれているではないか。ご丁寧にも「ポチの家」という名前入りだ。「犬小屋だってないじゃない」と律子につっこまれ、慌てて買ってきたに違いない。

中ではジロだかポチだかが気持ちよさそうに寝そべっており、顔を半分だけ地面にだしていた。

「先日はたまたまリフォームにだしていたんだよ」

伸郎は、きかれもしないのに説明すると、フフン、と、余裕の笑みをうかべる。

「どう見ても新品の犬小屋ですが……」

「腕のいいリフォーム業者に頼んだからね」

「……犬小屋のリフォーム業者なんて聞いたことありますか？」

「いや、初耳ですね」

祥明と吾郎は顔を見合わせる。

「では首輪を確認させていただいてよろしいですか？」

「どうぞ」

祥明の要求に、伸郎はにやっと笑ったように見えた。

瞬太は寝そべる秋田犬のそばにしゃがんで、首輪をはずす。

「たしか首輪のここに名前が……あれ？」

瞬太は内側に書かれている名前を伸郎に見せようとしたが、そこに書かれた名前はポチで、住所は所沢になっていた。

「えっ、何で!?」

「瞬太、この首輪はジロのじゃない。新品だ」

吾郎に言われてよく見ると、似たような色、形の首輪に買いかえられている。

「そんな……」

瞬太は言葉を失う。

「案の定といったところか」

祥明は苦々しげにつぶやいた。あらかじめこの事態を見越して、同行することにしたらしい。

「わかったかね？　これはうちのポチなのだよ」

伸郎はにやにや笑っている。楽しくて仕方ないといった顔だ。

「首輪を勝手にかえちゃうなんて、卑怯《ひきょう》だぞ！」

ようやく瞬太は伸郎に文句を言った。

「何のことだね？　うちのポチはまえまえからこの首輪だが」

「何がまえまえからだよ。どう見てもピカピカの新品じゃないか」

「ああそういえば、お年玉がわりに、先週、ポチに新しい首輪を買ってあげたんだったかな」

伸郎はあくまでもしらをきるつもりのようだ。

「そうだ、このジロの画像を見てくれよ。ほら、この顔とか、耳の形とか、尻尾の巻き方とか、この犬そっくりだろ？」

瞬太は携帯電話の待ち受けにしているジロの画像を伸郎の鼻先につきつけた。

「んー？　こんな小さな写真じゃ全然わからないね。年をとって、すっかり目が弱ってしまったんだよ」

わざとらしく両目の間を親指と人差し指でつまみ、伸郎は年寄りぶってみせる。普段は若作りをしているくせに、都合のいい時だけ年寄りぶるのは、群馬でも使っていた得意技だ。

「ジロには迷子ペット用のマイクロチップは埋めてないんですか？」

「すみません、まさかこんなことになるとは夢にも思わなくて……」

吾郎はうなだれた。

「そうですよね……」

チワワのような高価な犬種ならともかく、まさかジロを横取りされる日が来ようとは、吾郎でなくても普通は予想しないだろう。

「くそ……こうなったら」

瞬太は背中のデイパックから桜の木でつくったおもちゃの骨をとりだした。ジロはこれをかんだりころがしたりするのが大好きなのである。

「ジロ、こっちに来いよ。一緒に遊ぼうぜ！」

「ワオン！」

ジロが犬小屋からでてきて、瞬太にむかってかけだそうとした時。

「ポチ、今日のご飯は最高級の松阪牛だよ」

伸郎は牛肉のつつみをさっととりだしたのだった。プラスチックのトレーではなく、竹の皮とひもで包装されている。

それを見たジロは、目をキラキラさせ、よだれを流しながら、伸郎にむかってキュウン、クゥンと甘えはじめた。もはやおもちゃになど目をくれようともしない。

「よしよし、今、食べさせてやるからな」

「ジロ……おれより肉をとるのか……！」

瞬太は愕然《がくぜん》として、おもちゃをとりおとした。

「あの松阪牛、百グラム二千円とか三千円とかするやつかな……。うちじゃ買わないからよくわからないけど」

しみじみと吾郎がつぶやく。

「家族の絆《きずな》なんて所詮《しょせん》こんなものだよ」

祥明は瞬太の肩にぽんと手を置いた。さすがの祥明も打つ手がないらしい。

「そ、そんな～」

「わかったらさっさと帰りたまえ」

両手を腰にあて、勝ち誇ったように伸郎は言い放った。


結局その日はあきらめて撤収するしかなかった。

帰りの車の中で、三人は大きくため息をつく。

「首輪を買いかえるくらいは予想していたが、犬小屋と松阪牛には呆《あき》れたな。嫌がらせをするために、まさかあそこまでやるとは」

金と暇のある年寄りほど恐ろしいものはない、と、祥明は肩をすくめた。

「ジロがおれより松阪牛をとるなんて……」

瞬太は骨のおもちゃを見ながら、しみじみとつぶやく。

「飼い主に似たんじゃないのか？　キツネ君だって松阪牛だされたら目がくらむだろう？　いや、おまえの場合は鼻がくらむのか」

瞬太は、うっ、と、鼻を両手でおさえた。絶対ないとは言いきれない。

「瞬太、もうジロのことはあきらめた方がいいかもしれないね。ジロもきっと、ポチとしてあっちの家にいる方が幸せだよ。庭は広いし、食事は松阪牛だし」

運転席の吾郎はすっかり投げやりになってしまっている。主夫として、あるいは一家の主《あるじ》として、かなりの衝撃をうけたようだ。

「そ、そんなことないよ、父さん。祥明がきっと何とかしてくれるよ。ジロはただ松阪牛に目が、いや、口がくらんだだけで、本当はうちに帰りたいと思ってるはずだよ」

「それはどうかな」

祥明は重々しく首を横にふる。

「まあ、松阪牛を食べ飽きたら戻りたくなるかもしれないが、それまで何ヶ月かかることやら」

「そう言わず、何か考えてくれよ！」

瞬太は腰をうかせて、後ろから助手席の祥明の両肩をゆさぶった。

「うーん、松阪牛に勝てる手段があるかどうか……。おもちゃではその骨が一番のお気に入りだったんだろう？」

「うん……」

「他にジロが好きだったものは？」

「えーと、散歩かな？　母さんと散歩に行くのはすごく楽しそうだった」

「散歩ぐらい伸郎さんだって連れて行ってるだろう。看護師長になって忙しくなる一方のみどりさんと違って、伸郎さんはリタイア組なんだし、毎日、三回ずつでも散歩に行けるさ。しかもむこうは近所にドッグランまであるし」

「散歩では勝ち目なしだね……」

三人は再び同時にため息をついた。

七

翌日の月曜日、東京では初めての積雪となった。

せっかくひらきかけたお隣の赤い椿《つばき》も、すっぽりと雪をかぶっている。

瞬太が教室でぼんやりと頬杖をついていると、ふわりと甘いいい匂いがただよってきた。

「沢崎君、元気ないね。まだジロが見つからないの？」

小首をかしげながら大きな瞳で瞬太を見おろしている。ふわふわの髪につややかな唇。最近、三井は一段とかわいくなった気がする。

耳と鼻がむずむずしそうになるのを、瞬太はぎゅっと我慢した。

教室の真ん中でキツネに変身してどうする。

「ううん。見つかったんだけど、返してもらえないんだ」

「どういうこと？」

瞬太がたどたどしい口調で説明するのを、三井は真剣な表情で聞いてくれる。

「それで、さすがの祥明もお手上げ状態なんだよ……」

瞬太が肩をおとすと、三井はにこりと微笑《ほほえ》んだ。

「大丈夫だよ、沢崎君。きっと店長さんが何か考えつくよ」

三井の口から店長さんという言葉を聞くたびに、瞬太の胸はざわめく。三井はおれを励まそうとしてくれているんだろうか。それともただ、祥明をほめたいだけだろうか。

一応考えてはみるが、さっぱり答えはわからない。

「三井は随分《ずいぶん》、祥明のことを信用してるんだね」

「えっ」

三井は少し照れたように、頬をほんのりピンクにそめる。

「だって年末、あたしが困ってた時も店長さんが助けてくれたでしょ？　だから、きっと今回も何とかしてくれるよ」

少なくとも祥明に対する好感度はかなり高そうだ。

うちの高校の女子の大半は店長さんか倉橋怜にあこがれているんだから、そんなの普通だよ、という江本の言葉を思い出す。

そうそう、これが普通なんだよな。気にしたって仕方がない。

「そうだね。ありがとう」

瞬太はもやもやする気持ちをふりはらってうなずいた。


その日の夕方。

陰陽屋へおりる階段で瞬太がぼんやりと雪かきをしていると、ザクザクザクと力強い足音が駅の方から近づいてきた。風にのってただよってくる樟脳《しょうのう》の臭いと甘くておいしそうな香り。

仲条律子である。

「瞬太ちゃん、聞いたわよ。昨日も兄がジロを返さなかったんですって？」

「そうなんだよ。でも、どうして知ってるの？」

「昨夜《ゆうべ》、兄から、ご機嫌で電話がかかってきたの。陰陽屋の二人をぎゃふんと言わせてやったぞ、って、大はしゃぎだったわ。大人げない」

心配して、雪の中をかけつけてくれたらしい。

「詳しいお話を聞かせていただけますか？」

店内からでてきた祥明が、営業スマイルをひきつらせながら言った。

店の奥にある小さなテーブルに律子が持ってきたプリンを並べ、お茶をいれる。

「瞬太ちゃん、今日も元気がないわね。いつもならプリンなんて十秒で平らげちゃうのに、今日はまだ半分しかいってないわよ」

「え、あ、ばあちゃんのプリンおいしいから、ちゃんと味わおうと思って」

「無理しないでもいいのよ。あたしは事情を知ってるんだから」

よしよし、と、小さな子供をあやすように律子はうなずく。

「あのさ、ばあちゃん。伸郎おじさんの所にいる秋田犬は、ジロだよね？」

「間違いないと思うわ。そもそも兄は動物が大嫌いだから、あの犬がジロだってあたしが教えなかったら、とっくに保健所に通報して引き取りに来てもらってるはずよ」

「ええっ!?」

瞬太は驚いてスプーンを落としそうになる。そういえば夏央も、伯父は動物が大嫌いだと言っていた。

「ジロだってわかったから、せっせと世話してるみたいだけど。ご飯も松阪牛を食べさせてるみたいだし。生肉は身体《からだ》に悪いかもしれないって、わざわざ焼いたりゆでたりしてるみたいよ。瞬太ちゃんのことなんか忘れさせてみせるって張り切ってたわ」

「毎日松阪牛……」

悔《くや》しいようなうらやましいような複雑な気分で瞬太は頭を抱える。

「とにかく陰陽屋さんに一矢《いっし》報《むく》いたくて仕方ないのよ。我が兄ながら、あのねちっこさにはびっくりね。瞬太ちゃんにジロを返せって裁判をおこされたらどうするの、って、きいたんだけど、その時はとびきり腕のいい弁護士を雇うから大丈夫だ、なんてうそぶいてたわ」

「まあ、動機はどうあれ、ジロを大事にしてくれているようで何よりです」

祥明は皮肉たっぷりのとげとげしい口調で言う。

昨日までは瞬太に頼まれてジロ奪還を手伝うというスタンスだったのだが、伸郎がご機嫌ではしゃいでいるという話を聞いて、スイッチが入ってしまったようだ。こうなると祥明の毒舌は止まらない。

「それにしても、遺産を夏央さんにもっていかれたわりには、松阪牛だの弁護士だのって、たいしたおおばん振舞《ぶるまい》ですね」

「長年、大手の銀行につとめて、最後には取締役にまで出世したくらいだから、そうとう貯《た》めこんでるんじゃないかしら？」

「そういえば銀行の取締役をつとめておられたんでしたね」

祥明はいぶかしげな表情で首をかしげた。

「取締役というのは、普通、定年は関係ないものではありませんか？　六十すぎのご老体たちが居座っているイメージがありますが」

「そこはあたしもあやしいと思ってるのよ。うちの主人が言うには、定年退職っていうのはあくまで建前で、実のところ、派閥争いに負けたとか、仕事で失敗したとか、何か裏の事情があって銀行にいられなくなったんじゃないかって」

「なるほど」

「長男としてがっぽりもらえるつもりでいた母の遺産はもらえない、まだまだ居座るつもりだった銀行は追い出される。そんなこんなで毎日不機嫌な顔をしていたら、妻は北海道に行ったきり帰ってこなくなる。兄にしてみたら何もかもが計算外だったんでしょうね」

「泣きっ面《つら》に蜂《はち》状態ですか。お気の毒に」

口先では気の毒とか言いながら、祥明の顔には「自業自得」と大きく書かれている。

「だからって迷い込んできた瞬太ちゃんの犬を横取りして、鬱憤《うっぷん》をはらそうなんてひどいわよね」

「父さんが言う通り、もう、ジロのことはあきらめるしかないのかな……」

瞬太はお茶をすすりながらぼやいた。しょんぼりしながらも、いつのまにかプリンは平らげている。

「そんな弱気でどうする」

「だって、ジロの心を動かせそうなものを思いつかないよ」

「ジロの心を動かせないなら、他の方法を考えるまでさ」

祥明は扇を頬にあてながら、すっと目を細め、意地悪そうな笑みをうかべた。

「どういうこと？」

瞬太は首をかしげる。

「仲条さん、北海道の甥《おい》っ子さんの連絡先はご存じですよね？」

「それはもちろん。……店長さん、まさか、あなた……？」

律子はごつい黒縁眼鏡《めがね》ごしに、祥明の真意をうかがった。

「伸郎さんは奥さんが戻って来なくてさらに不機嫌になったという話ですから、奥さんが戻ってくればジロも用済みになると思いませんか？」

「それはそうかもしれないけど、何て言えば義姉《あね》は北海道から帰ってくるかしら。義姉は夫よりもはるかに息子の方を溺愛してるから、夫が寂しがってるとか、病気だとか、そんなありきたりな理由をでっちあげても、所沢に戻ってくれるかどうかあやしいと思うけど？」

「まあ、ものは試しですよ」

祥明はボールペンで何やら紙に書きはじめた。唇の端を片方だけつりあげて悪企《わるだく》みをするさまは、妙に楽しそうである。

八

祥明は一分ほどで書きあげた原稿を律子に渡した。

「この通りに読んでください」

「えっ、これをあたしが言うの？」

律子は驚いて目をしばたたく。

「感情をこめつつ、しかし大げさになりすぎない程度にお願いします」

「そんなこと急に言われたって……あたし、まえ、瞬太ちゃんの先生をだまそうとして失敗してるし」

「あの時の演技はなかなかのものでしたよ。心臓発作さえなければ成功していたに違いありません」

「そうかしら」

「そうですよ。それに、娘さんは舞台女優でしたよね？」

「ええ、まあ」

長らく家出していた律子の娘は、今どき珍しい、旅の一座の看板女優なのである。芸名は姫川咲也《ひめかわさくや》という。

「女優の母である仲条さんも、女優の血筋。大丈夫ですよ。必ず演技の才能はあるはずです」

「そう？　そうよね！」

律子はいかめしい黒縁眼鏡の下の目をキラキラさせている。

「そうですとも。頑張ってください」

「わかったわ。あたしも女優の母ですものね！」

女優の娘ならともかく、母でも女優の血筋と言えるのだろうか？　瞬太は素朴な疑問を感じたが、律子はやる気まんまんで、余計な口をはさむどころではない。

「じゃあ、いくわよ」

律子は黒いドアの外にでると、おもむろに携帯電話にむかって咳払いをし、通話ボタンを押した。

「もしもし、お義姉さん？　ご無沙汰しています。律子ですけど。北海道はいかがですか？　ええ、ああ、そうですか。ところでお義姉さん、最近髪を短くされました？　ロングのまま？　じゃあ明るい茶色に染めたりは……もちろんしてない？　そうですか。じゃああの毛は何だったのかしら？　あ、いえ、その、何でも。お義姉さんが心配なさるようなことではありませんわ。まあ、男っていうのはああいう生き物ですからね。え、浮気？　さあ、それはあたしの口からは……。とにかく何でもありませんから、気にしないで、北海道でゆっくりなさってくださいね」

さんざん思わせぶりなことをふきこんで、律子はそそくさと通話を終了した。

「ブラヴォー」

祥明は満面の笑みをたたえて拍手する。

「今ので大丈夫かしら？」

興奮気味の律子に、祥明はにっこりとうなずく。

「完璧でしたよ。これで二、三日中には奥さんは所沢に戻られるでしょう」

「今思い出したんだけど、たしか義姉は兄に輪をかけた大の犬嫌いなのよ。だから間違いなくジロを返すよう言ってくれるはずだわ。楽しみにしておいてね、瞬太ちゃん。もうすぐジロが帰ってくるわよ」

「ありがとう、ばあちゃん。でも、あのさ……今の電話、伸郎おじさんが浮気してるって、奥さんをだましたんだよね？」

瞬太の問いに答えたのは祥明だった。

「嘘はついていないぞ。奥さんが勝手に誤解したかもしれないが」

祥明は扇で口もとをかくし、意地悪そうな笑みをうかべる。

「奥さん、北海道から戻って来て、大喧嘩《おおげんか》になったりしないかな？」

「そんな甘いことを言っている場合か？　このままだと永久にジロを返してもらえないかもしれないんだぞ？」

「それはだめ！」

「では作戦の成功を祈りましょう」

「きっと大丈夫よ、瞬太ちゃん」

「う、うん」

ごめん、奥さん。悪いのはジロを返してくれない伸郎おじさんだから。

瞬太は北の方にむかって謝った。

夜になってもまだ空は厚い雪雲におおわれている。道路以外は全て雪におおわれているため、景色が妙に明るい。

こたつで鍋いっぱいのおでんを囲みながら、ふと、瞬太はみどりに尋ねてみた。

「母さんは、もし旅行中に、父さんが浮気してるって電話がかかってきたらどうする？」

「急に変なことをきくわね」

みどりは驚いて目をしばたたいた。吾郎は口に半分入れていた大根をふきだしそうになる。

「全然気にしないで旅行を続ける？　それとも大急ぎで東京に戻ってくる？」

「うーん、海外旅行中だったらそうそう飛行機の変更もきかないだろうし、予定通り続けると思うけど、熱海《あたみ》くらいなら急いで戻るわね。父さんのことを信用してないわけじゃないけど、魔がさすってこともあるかもしれないし」

「おいおい、母さん」

「そっかあ、やっぱり戻るのか。さすが祥明の卑怯《ひきょう》作戦……」

「だってもやもやしながら旅行を続けても楽しくないじゃない。そこはすっきりさせたいわ」

みどりはきっぱり言う。

「もしニセ情報だったらまた仕切り直してでかければいいだけだし」

「ふうん」

さすがはみどり。常に前向きである。

「ところで、陰陽屋さんで何かあったの？」

「店でっていうか、ジロのことなんだけど……」

瞬太は今日、祥明が律子に思わせぶりな電話をかけさせたことを話した。

「犬嫌いの奥さんか。それは強力な助っ人だな」

吾郎は苦笑する。

「母さんも何かジロの気をひきそうな物を持って所沢に行かなきゃって思ってたんだけど、どうやら出番はなさそうね。あーあ、早くジロと散歩に行きたいわ。このままじゃ母さんが運動不足になっちゃう」

二人とも祥明の作戦に期待をよせているようだった。

だいぶ雪もとけ、電柱のまわりによせられた灰色がかったかたまりくらいしか見えなくなった二日後の水曜日。

いつもは威厳に満ちた律子が、慌てふためいた様子で陰陽屋への階段をかけおりてきた。プリンも持っていないようだ。

「まずいわ、店長さん」

手足をパタパタさせながら、店の奥にいる祥明に話しかける。

「どうしました？」

「昨日、朝イチの飛行機で北海道から義姉さんが帰って来たんだけど、人間じゃなくて犬の毛だってわかったら、あっという間に北海道に帰ってしまったのよ！」

「おやおや、随分早いですね」

予想の範囲内だったのか、祥明はそれほど慌てていない。

「ジロは追い出されなかったの？　奥さんは犬嫌いなんだよね？」

瞬太の問いに、律子は首を横にふった。

「それがねぇ、若い女でも連れ込んだのかと思ったら、ただの秋田犬じゃない？　すっかり拍子抜けしたみたいで、犬の一匹や二匹、好きにすればいいわ、なんて、寛大なことを言ってるのよ」

「む、そこは期待はずれですね。それで、伸郎さんはどうしてるんですか?」

律子は右手を頬にあて、呆れ顔でため息をつく。

「兄は昨夜からずっとジロ相手に愚痴《ぐち》ってるみたい」

「ジロに?」

「哀《あわ》れな兄には、もう、ジロしかいないのよ」

「…………」

祥明は無言で眉を片方つり上げた。

九

その夜、瞬太は吾郎の車で所沢にむかった。これで三度目である。祥明と律子も一緒なので、計四名だ。

「物音たてないで。静かにね。そうっとよ」

律子の先導で、三人は足音をしのばせ、森田邸の薄暗い庭に入った。四人で庭の植え込みのかげにしゃがむ。まだ少し雪が残っているので、足音をたてないようにするのが大変だ。

「ほら、あれ」

三人は律子の指し示す方を見た。

この寒いのに、伸郎はきだし窓をあけて腰かけ、庭のジロに話しかけていた。何となく寂しそうに見えるのは、背後から屋内のあかりに照らされているせいだろうか。

「ポチ、肉はうまいか？」

「ワフン」

ジロだったポチは今日も山盛りの肉をもらい、おいしそうにガツガツと平らげている。前回見た時よりも、また太ったようだ。

「おまえはいつも元気だな」

伸郎に頭をなでられ、ぶんぶんと尻尾をふるジロ。ご機嫌である。

「明日もドッグランで昼寝するか？」

「ワォン、ワフン」

「そうかそうか、よしよし。おまえは毎日、楽しそうでいいな、ポチ」

「クゥン、キュゥン」

ジロは嬉しそうに伸郎のまわりをくるくるまわる。

いくら松阪肉がおいしいからって、愛想良すぎだぞ、ジロ！

瞬太は心の中で文句を言うが、もちろんジロには聞こえない。

「私の人生は一体何だったんだろうなぁ……。四十年近く馬車馬のように働いた職場は追い出され、女房は息子のところへ行ったっきり。残ったのはこの空っぽの家だけだよ。もう何のために自分が生きているのかすらわからん有様さ……」

はああ、と、遠い目をする。顎《あご》がうっすら白いのは、もしや、無精ひげだろうか。

「昨日からずっとあの調子なのよ」

律子は苦々しい口調でつぶやくと、こめかみをおさえる。

「あんなに暗い兄を見るのはあたしも初めてで、びっくりしてるんだけど。もう陰陽屋さんへの嫌がらせとかじゃなくて、心からあの犬がかわいいみたい」

「これは……とてもジロを返してくれとは言えないね……。あの人には、本当に、ジロしかいないみたいだし」

吾郎はささやくと、憐《あわ》れみのこもった眼差しを伸郎にむけた。

「しかし、だからといって、ジロを横取りしていいということにはならないでしょう。……まあ、かなり哀れな状況なのは認めますが」

祥明も困惑しきった顔でささやく。

「ジロもすごく嬉しそうだね……」

四人は顔を見合わせると、しみじみとため息をついた。

「王子《おうじ》に帰ろうか」

「そうだね、父さん」

「お二人がそれでいいのなら、私にも異存はありません」

吾郎と瞬太のつぶやきに、祥明もうなずいた。

「ごめんなさいね、瞬太ちゃん」

「いいんだ。仕方ないよ」

四人がジロに背中をむけ、中腰のまま、庭から出ようとした時。

「ワゥン?」

急にジロがこちらをふりむいた。

「ワウワウ、ワウン!」

尻尾をぶんぶんふりながら、四人にかけよってくる。気のせいか、目がキラキラしているようだ。鎖の長さがいっぱいになり、これ以上近寄れない所まで来て、しつこく吠えている。どうやら瞬太のデイパックが気になっているようだ。

「シッ！」

瞬太は口の前で人差し指をたてるが、ジロはおかまいなしである。

「クゥン、キュゥン」

甘えた声で、後脚立ちになり、デイパックにとびかかろうとした。

「誰かいるのか⁉」

伸郎の声を聞いて、四人は一瞬目配せをしあい、一斉にかけだす。とてもではないが、今、伸郎と顔をあわせる勇気はない。

「あっ、その髪は！　陰陽師だな！」

やはり祥明のつややかな長髪は夜目にもひときわ目立つのだろう。観念したのか、祥明はくるりとふり返った。

「夜分に失礼」

嫌味なくらい丁寧に頭をさげる。

「やはりおまえか。さてはポチを盗みに来たんだな!?」

「とんでもない。ちょっとご機嫌伺《うかが》いによっただけですよ。気の毒なお年寄りの……」

「祥明！」

祥明がいつもの調子で毒舌を発揮しそうになった時、瞬太が大声でさえぎった。祥明の左腕をぎゅっとつかむ。

「だ、誰が気の毒な年寄りだ！」

伸郎は真っ赤な顔で怒鳴り返した。

「もういいから」

瞬太は祥明の顔を見上げて、頭を左右にふる。あんな寂しそうな顔をしていた伸郎が、この上、祥明の容赦ない毒舌にさらされるところなんて、見るにしのびない。

祥明は息を吐くと、肩をすくめた。

「ジロがどうしているか様子を見に来ただけです。夜風は身体に毒ですから、暖かくしておやすみください」

祥明にしては珍しく、心からの同情がこもったいたわりの言葉だったのだが、伸郎はいまいましげに、チッ、と、舌打ちした。

「律子、おまえもぐるか」

「あたしは兄さんが心配で……。義姉さんは北海道にとんぼ返りだったっていうし」

「余計なお世話だ！　ポチ、家に入るぞ」

伸郎は鎖をひっぱって、ポチことジロを自分の方にひきよせようとした。だが、ジロは前脚を地面につっぱって抵抗し、瞬太から離れようとしない。

「ポチ……おまえ……!?」

伸郎はもう一度鎖をひっぱるが、ポチことジロはてこでも動かない。

ムッとした伸郎は鎖を地面にたたきつけた。

「好きにしろ！」

伸郎はサンダルをぬいで窓から家にあがると、ピシャリと窓を閉めた。カーテンもひかれ、真っ暗になった庭に四人と一匹はとり残されてしまう。

「どうしよう……？」

「今日は話ができる雰囲気でもないし、帰るしかないだろうね」

吾郎は頭をかいた。

「ところでキツネ君、デイパックに何を入れてるんだ？」

ジロがしつこく瞬太の背中にむかってキュンキュン鼻を鳴らしているのである。

「えーと、あ、チキン入りのドッグフード。母さんが、ジロは本当はこういうスーパーで特売しているような安物が好きなのよって……」

「ジロはその匂いをかぎつけたんだな」

「毎日松阪牛もらってるくせに……ジロ……」

瞬太の呆れ顔などものともせず、ジロはよだれを流している。そもそもジロがほえたりしなければ、四人は静かにこの場を立ち去ることができたのだ。

「仕方ないさ。人間にも無性にジャンクなものがほしくなる時ってあるからね」

吾郎がジロを弁護すると、ああ、と、祥明はうなずいた。

「そういえば、うちのジョンは、サツマイモが大好物でしたね。松阪牛の衝撃で忘れていました」

「好みは人それぞれ、犬それぞれといったところですね」

笑いながら、吾郎はジロの頭をなでる。

「じゃあな、ジロ。元気でな」

瞬太はジロの鼻先をちょんとつつくと、別れを告げた。

十

翌日。

いつものように瞬太が陰陽屋の前を掃いていると、見覚えのある高そうなセダンが停まった。所沢ナンバーである。運転席からおりてきたのは、伸郎と律子だった。伸郎は珍しくスーツ姿で、無精ひげもきれいになくなっている。

「ほら、おりろ、ポチ」

伸郎がひっぱったリードの先には、ころころに太った秋田犬が一匹。

「ポチじゃなくてジロでしょ、兄さん」

「名前なんてどうでもいい」

伸郎は尊大に言う。

「あっ、ばあちゃん、どうしたの!?　えっ、もしかして……ジロ!?」

秋田犬は元気に「ワォン」と返事をして、尻尾をふっている。

「ジロ、おまえ……体重が五キロは増えてないか……？」

昨夜見た時はここまでとは気づかなかったが、お腹や首まわりが相当むっちりしているようだ。

「ごめんなさいね、瞬太ちゃん、兄が肉を食べさせすぎたみたいで」

「と、とにかく、保護していた犬を返してやったからな！」

「保護……？」

伸郎はリードを瞬太に押しつけるようにして渡す。

「おや、珍しいお客さんですね」

店からでてきた祥明を見て、伸郎は、フン、と、鼻をならした。

「あいにくだね。客じゃない。忙しい中、わざわざ迷い犬を送ってきてやったんだ。ありがたく思いたまえ」

「お忙しいところ、それはどうも」

祥明はにっこりと営業スマイルをうかべる。

「どうせ暇な年寄りのくせに、とか、思っているんだろう？」

「おや、違いましたか？」

「残念だが、仕事が私を放っておかなくてね」

「それは失礼」

「帰るぞ、律子」

「あら、もう？　あたしは瞬太ちゃんとおしゃべりして帰るから、兄さんお先にどうぞ」

「勝手にしろ！」

伸郎はちらりとジロを一瞥すると、頭をふり、運転席のドアをあけた。バタン、と、大きな音をたててドアが閉まる。伸郎をのせたセダンは急発進したと思うと、あっというまに見えなくなった。

「一体何があったの？」

瞬太はジロの頭をなでながら律子に尋ねる。

「昨日の夜、店長さんが優しい言葉をかけてくれたでしょ？　あれがすごくこたえたみたい」

「は？」

律子の説明に祥明はけげんそうな顔をした。

「店長さんは去年群馬で、あたしたちをさんざんこきおろしたじゃない」

「そうでしたか?」

にっこり笑って扇を広げると、祥明はとぼけてみせた。もちろん身に覚えがある顔だ。

「そうよ。で、今回もいろいろ言われるだろうけど、ああ言われたらこう返してやるって、やる気まんまんで身構えていたのに、同情に満ちた言葉をかけられて、すごく屈辱だったみたい。兄はとてもプライドが高い人だし。ああ、あの最悪に意地の悪い陰陽師に哀れまれるだなんて、あまりにみじめだ、情けないにも程がある、なんて、ひどく落ち込んだんじゃないかしら」

「は?」

祥明は眉を片方つりあげた。自分としては、心の底から親切な態度をとったつもりだったのだろう。この上なく心外といった顔をしている。

「それで急に思い立って、再就職することにしたの。まえまえから銀行の子会社へいく話はあったんだけど、六十をすぎてまで働くのは美学に反するとか、給料がさがるのは不本意だとかごねてたのよ。兄なりに優雅な余生を夢見てたのね。でも、店長さんのおかげで、やっぱりこのままじゃだめだ、って、ふんぎりがついたらしいわ。あと、町内会とか、地域のボランティア団体にも参加することにしたみたい」

「……なるほど」

どうも納得がいかないという顔で、祥明はしぶしぶうなずいた。

「よくわからないけど、それって、いいことなんだよね？」

「毎日ジロを相手に愚痴るよりは、はるかに健全な生活だろうな」

「それに、ジロが瞬太ちゃんに気づいて離れようとしなかったのにも心をうたれたみたい。いくら毎日松阪牛を食べさせても、ずっと一緒に暮らしていた飼い主との絆は切れないって気がついたのね」

なりゆきで保護したポチことジロだが、かなり情がうつっていたようだ。そもそも名前をつけた時点で負けよね、と、律子は笑う。

「あれは……おれじゃなくてドッグフードを追いかけてたんだけど……」

それも安物のバーゲン品である。

「知ってるけど、でも、せっかく美しい勘違いをしてるみたいだから、黙っておいたわ」

「そっか」

「兄が毎日、家でうだうだしてるのがうっとうしいって北海道に避難してた義姉も、そのうち戻って来る気になるんじゃないかしら」

「じゃあこれで全部めでたしめでたしだね！」

「いや、一つだけ残る問題が……」

祥明は扇で顔を隠した。

「あー……」

三人の視線の先には、すっかり丸くなってしまったジロの姿が。

「こりゃ、相当厳しく母さんにしごかれるな」

「がんばれよ、ジロ」

何も知らないジロは、「ワフン」と答えて尻尾をふったのであった。


翌日の昼休み。

瞬太は生徒たちでごった返す食堂で弁当をひらきながら、ジロのことを高坂に報告した。

「ジロ戻ってきたんだ。よかったね」

「うん、委員長が作ってくれたチラシのおかげだよ。ありがとう」

「やっぱり解決したのね」

瞬太のはすむかいに腰をおろした三井が、にこにこしながら言う。

「ね、言った通りでしょ？　きっと店長さんなら何とかしてくれるって」

「うーん、たしかに祥明が解決したっていうことになるような、ならないような？」

瞬太は首をかしげた。

「どういうこと？」

三井が不思議そうな顔をする。

「僕も聞きたいな」

おれも聞きたい、と、江本と岡島もラーメンをすすりながら言った。倉橋も忙しそうにカレーとコロッケを口に運びながら、「話せ」と目で催促してくる。

「それが傑作だったんだよ。実は……」

三井がにこにこと楽しそうに話を聞いてくれる。今日のところは祥明のおかげと言えるかもしれない。

ちょっぴりくやしい気もするけど、まあ、いいか。

十一

一月最後の日は冷たい雨だった。地下にある陰陽屋は、店中が静かな雨音につつまれている。

瞬太が狭い店内ではたきをかけていると、男性の靴音が聞こえてきた。はきこまれた革靴の音だ。

「いらっしゃい」

黄色い提灯を片手に持った瞬太が勢いよくドアをあけると、男性は少し驚いたように身体を後ろにひいた。

黒いスーツに黒いトレンチコート。きっちりとなでつけられた黒髪に、濃い色のサングラス。年齢は三十代前半くらいだろうか。このにおいはどこかで嗅《か》いだことがある気がする。誰だっただろう。

男性はしげしげと瞬太を見おろした後、ようやく口をひらいた。

「自動ドアじゃありませんよね？　階段にカメラがついているんですか？」

低く渋い声で尋ねる。自分がドアの前に立った途端、瞬太がドアをあけたのが不思議らしい。

「ああ、えっと、ここの階段は古いから、店の中まで足音が響くんだよ」

「なるほど、足音が。耳がいいんですね」

男性は顎に手をあてて、うなずいた。

「ところでその狐耳は作り物ですか？　動いたように見えましたが」

瞬太はドキッとする。

「当たり前だろ。今時は猫耳も狐耳も動くんだよ。知らないの？　狐の行列でもつけてる人いたよ」

嘘を見破られないよう、ついべらべら話してしまう。濃いサングラスだと、どこを見られているのかわからないから、何となく落ち着かない。

「ところで、ショウさんはいらっしゃいますか？」

祥明のことをショウというホスト名で呼ぶということは、クラブドルチェの関係者だ。

「いるよ。中へどうぞ。祥明、お客さんだよ！」

瞬太は濡れた黒の雨傘を受け取りながら、休憩室にむかって声をかける。

「おや、葛城《かつらぎ》さんじゃないですか。今日はお一人ですか？」

祥明は驚いたような顔で出迎えた。

そうだ、思い出した。

クラブドルチェのバーテンダー、葛城だ。昨年の秋、四人の騒々しいホストたちとともに来店したのだった。

他のホストたちがみな、派手でにぎやかな連中だったので、口数の少ない葛城はほとんど目立たなかったが、あらためて見ると、なかなか整った顔立ちをしている。

「雅人さんを捜していただいた時には、大変お世話になりました」

葛城は年下の祥明にむかって丁寧に礼をのべた。腰の低い人だ。

そういえばあの時は、経営不振になってしまったクラブドルチェのために、もとナンバーワンホストの雅人を捜しだしてほしい、という依頼だった。

「実は私も個人的にショウさんに捜していただきたい人がいて、今日は一人でまいりました」

「詳しくうかがいますので、奥へどうぞ」

祥明は葛城を奥の小さなテーブルに案内する。

瞬太が休憩室でいれたお茶をはこんでいくと、祥明と葛城はテーブルの上に置かれた蠟燭《ろうそく》のあかりで写真を見ていた。

「随分古い写真ですね。葛城さんの親戚ですか？」

うつっているのはきれいな女性だが、濃い色のサングラスをかけていて、年齢はよくわからない。十代後半から四十代といったところだろうか。二十世紀風の大きな肩パッドのはいった服、くっきりと太い眉、こまかくウェーブのかかった長い髪。どうやら二十年以上まえに撮影されたもののようだ。

「知人です。名前は月村颯子《つきむらさつこ》といいます」

「この方は今、何歳ですか？」

「正確な年齢はわかりませんが、現在の外見は三十歳くらいだと思います。実際より若く見えるたちなので」

「でもこの写真、二十年は前のものですよね？」

祥明はいぶかしげな表情で確認した。

「ああ、これ、何かの撮影でこんな古臭い格好をしているだけで、わりと最近の写真なんですよ」

「テレビか映画の撮影ですか？」

「そんなところです」

　ということは、この女性はモデルか女優なのだろうか。たしかにかなりきれいな人だ。

「それで、名前以外の手がかりはありますか？　たとえば、以前住んでいた場所とか、最近見かけた人がいるとか」

「ありません。この写真と名前だけです」

　葛城はきっぱりと言い切る。

「つまり、サングラスをはずした写真もないということですね……？」

「ありません」

「インターネットで名前を検索してみましたか？」

「月村颯子では捜し出せませんでした。ヒットしたのは姓名判断のサイトくらいです。女性だし、名字がかわったのかもしれません」

「葛城さん……」

祥明は深々とため息をついた。

「だめですか？」

「さすがに捜しようがありません」

「そうですよね。ショウさんならあるいはと思ったのですが」

葛城はあっさりと引きさがった。最初から断られるのがわかっていた様子だ。それなのにわざわざ陰陽屋まで訪ねてくるなんて、藁《わら》をもつかむくらい必死なのだろうか。

「もしかして、この人、葛城さんの恋人なの？」

高校生らしい好奇心に満ちた瞬太の問いに、葛城はかすかに微笑んだ。

「違いますよ。いくらなんでも恋人だったら、もっと写真もあるでしょうし、住所や連絡先も聞いています」

「そりゃそうか」

たしかにそう言われると、恋人でも、それどころか、友人でもないのだろう。

ではなぜたいして親しくもないこの女性を葛城は捜しているのだろうか。

瞬太ははっとした。

もしかして、一目惚れの相手とか……⁉

一度会ったきりで忘れられない片想いだったら、住所も連絡先もわからなくてもおかしくない。そうだ、きっとそうに違いない。

葛城は一見、クールで落ち着いた大人の男なのに、ひそかに熱く片想いに身をこがしているんだ……！

片想い男子仲間として、これは放ってはおけない。

なんとか面倒臭がりの祥明をやる気にさせなくては。

「祥明、ほら、あれはどう？　ジロの時みたいに、この写真の人を捜しています、って、ネットで拡散してもらうとか」

「それくらいならできないことはないが、逆に言えば、それ以外に何もできることはないぞ」

祥明は閉じた扇で自分のこめかみをつつく。

「葛城さんにはドルチェ時代、お酒のことをいろいろ教えてもらいましたし、お力になりたいところですが……」

「それで十分です。お願いします」

「いたずらも含めて誤情報がかなりきますから、あてにはしないでください」

「わかっています。ありがとうございます」

葛城は丁寧に頭をさげて帰っていった。

第三話

怪奇！　谷中化け猫騒動

一

二月にはいり、寒さが一段ときびしくなってきた。

ふさふさの尻尾《しっぽ》を足に巻きつけて暖《だん》をとっても、店の前でほうきをかけるのは三十分が限度である。

だが午後五時をすぎても、西の空にまだ金色の太陽が残っているのを見ると、確実に春が近づいているのを実感できる。

「王子《おうじ》もずいぶん高いマンションが増えてきたから、池袋《いけぶくろ》のサンシャインが見えなくなったね」

「そうだね、ビルの屋上にあがれば見えると思うんだけど……って、谷中《やなか》のばあちゃん!?」

瞬太《しゅんた》の背後には、手びさしをして西の空をのぞむ祖母の沢崎初江《さわざきはつえ》が立っていたのである。

初江は吾郎《ごろう》の母だ。もう七十近いはずだが、谷中で三味線教室をひらいているせいか、しゃっきりと背筋がのび、声にもはりがある。一昨年《おととし》の秋、病気で倒れて、沢崎家でみどりに介護してもらっていたのが嘘のようだ。特に冬は和服を好み、今日も梅の柄《がら》が入った着物の上から、ショールをはおっている。

「そんなに立派なキツネの耳を二つもつけてるくせに、あたしに気がつかなかったのかい？」

「ごめん、ぼーっとしてた」

瞬太はきまり悪そうに耳の裏をかく。同じ「ばあちゃん」でも、瞬太を瞬太ちゃんとよんで猫かわいがりしている律子《りつこ》と違い、初江はピシピシと手厳しい。

「えーと、父さんに何か用？」

「今日は店長さんに用があるんだけど、今、いいかい？」

「祥明《しようめい》に？　大丈夫だけど……」

初江が祥明に一体何の用なのかききたかったのだが、さっさとおし、と、目で威圧される。

「えーと、今、他のお客さんいないし、中へどうぞ」

瞬太は階段をかけおりると、黒いドアをあけた。

それにしても祥明に用事だなんて、一体何事だろう。まさかバレンタインにチョコを渡すべきか否かなんて、女子高生のような占いじゃないだろうけど。

「初江さんじゃないですか。陰陽屋《おんみようや》へようこそ」

祥明は定番の営業スマイルで初江を迎えた。

「久しぶりですね、店長さん。お祖父《じい》さんは元気かしら？」

初江が幼い頃住んでいた木造アパートに篠田《しのだ》という化《ば》けギツネがいたのだが、なんとその男と祥明の祖父が友人だったということが、昨年の夏に判明したのである。

「何も連絡がないので、おそらく元気でしょう」

「便りがないのは良い便り、ね」

初江は軽くうなずく。

「ところで今日はどうなさいましたか？」

「ちょっと頼みごとがあるんだけど」

「おや、何でしょう？　失《う》せ物《もの》や人捜しでしたらしばらくお休みする予定ですが」

私立探偵でもないのに、ここのところ人捜しやペット捜しの依頼が続いているので、祥明はうんざりしているのである。しかもそのうちの一件はまだ捜索の糸口すら見えていない。

「そんなつまらない頼みごとじゃありませんよ」

「ほう？」

「店長さん、あんた、うちの家に呪《のろ》いをかけてくれないかしら？」

初江の言葉に祥明は眉を片方つりあげた。

「ばあちゃん、何言ってるの!?　誰を呪うって!?」

「おまえの耳は本当に役立たずだね。だから、あたしの谷中の家に呪いをかけてくれって言ってるのさ」

「何やらこみ入った事情がおありのようですね。詳しい話を聞かせていただけますか？　キツネ君はお茶をいれてきて」

祥明は初江を奥のテーブル席に案内した。

瞬太は大急ぎでお茶をいれてだす。

「薄いねぇ」

「ご、ごめん、つい。いれなおそうか？」

「どうせろくなお茶をだせそうもないから、もういいよ」

瞬太が小さくなりながら、そろりと祥明の隣に腰をおろすと、おもむろに初江は事情を話しはじめた。

「あたしが谷中で暮らしてるってことは店長さんは知ってたかしら？」

「ご主人が亡くなられた後、一人で家を守っておられるんでしたよね？」

「家を守るなんてたいそうなことはしてないけど、三味線を教えながらのんびり余生をおくってるんですよ」

十数人しか生徒がいない小さな教室で、たいした稼ぎにはならないのだが、年寄り一人がつつましく暮らしていくぶんには丁度いい規模なのだという。

「指先を使うとぼけ防止にもなるっていうし、あたしは身体《からだ》が動く限りは続けるつもりなんだけど、最近、家を売ってくれって人があらわれてね。たしか名刺が……ああ、これこれ」

かわいらしい猫の絵が入った名刺には「谷中の明日をデザインする　町おこしプランナー　神林葵《かんばやしあおい》」と書かれていた。

「町おこしプランナー？　何やらうさんくさげな肩書きですね」

「最近、谷中が猫の町とやらでブームになってるのは知ってる？」

「ええ、夕やけだんだんの猫は有名ですよね」

夕やけだんだんというのは、日暮里《にっぽり》駅から谷中銀座《ぎんざ》にくだる階段で、もともと夕焼けが美しい場所として有名だったのだが、最近、特に女性たちの間では、必ず猫を見られるスポットとして知られているのだという。

「あとは店内に猫がいるカフェや、レストランもあるんでしたっけ？」

さすがに毎日女性相手の占いをやっているせいか、祥明は妙に詳しい。

「それそれ。その町おこしプランナーが、猫好き連中相手の古民家猫カフェ兼雑貨屋とやらをやろうっていう計画をたてたみたいなのよ。で、うちがその計画にぴったりなんだって。まあ確かに古い家だけどね」

「えっ、ばあちゃん、谷中の家を売るの!?」

「まさか。きっぱり断ったよ。ところがえらくしつこい奴でね、毎日三回は、お話だけでも聞いてくださいって電話をかけてくるのさ。朝八時とか、夜中の十二時とか、とんでもない時間にかけてくることもあるよ。でも一番腹が立つのは三味線の稽古《けいこ》中にかかってくる電話さ。まったく迷惑だったらありゃしない」

「一日に三回の電話ですか……。いっそ何十回も電話がかかってきたら、警察に被害届をだせるんですけど、なかなか巧妙なやり方ですね」

祥明が言うと、初江はいまいましそうにうなずいた。

「そうなんだよ。ちょっとした地上げ屋だね。最近じゃ、あそこに猫カフェができたらこの通りはもっとにぎわう、なんて、近所の人たちを抱き込んでるんだよ。じわじわ外堀から埋めてって、あたしが根負けして出て行くのを手ぐすねひいて待ってるのね。でもさ、うちの家が呪われてるって評判がたったら、むこうも気味悪がって手をひくんじゃないかと思って」

「それで呪いをかけてほしいと」

「あんな連中に家をとられるくらいなら、呪われた方がましだからね。店長さん、あんた、陰陽師《おんみようじ》なんだから、呪いの心得くらいはあるんだろう？　まえも女子高生たちから呪いを頼まれたって、吾郎から聞いてるよ」

初江はにやりと笑って祥明の顔を見上げる。

「やり方を本で読んだことがあるだけで、実際に呪詛《じゆそ》をおこなったことはありませんよ。こう見えても私は善良な陰陽師ですから」

祥明はさわやかな笑顔で否定した。

「なんだい、頼りないねぇ」

「そもそも、どうしていきなり呪うなんて話になるんですか。まずは弁護士に相談に行くべきではありませんか？」

「何てこと言うの、恐ろしい。弁護士っていうのは、ちょっと話を聞いてもらっただけで、相談料を何万円もとるらしいわよ。うっかり地上げ屋と交渉してもらったりしたら、一体何十万円ふんだくられることか」

　初江はキッと祥明をにらむ。

「それは、弁護士にもよるとは思いますが……少なく見積もっても一万円以下ということはないでしょうね」

「その通り。わかってるじゃないの。せっかく孫が勤めている店で、ただで呪ってもらえるっていうのに、弁護士先生に大枚をはたく気にはなりませんね」

　初江がしれっと言うと、祥明の笑顔がひきつる。

「ただでって……」

「ああ、もちろん瞬太のバイト代から天引きしてもらっていいから」

「ばあちゃん!?」

驚いた瞬太は腰をうかせて尋ねた。

「それとも瞬太、あたしがこんなに困ってるのに、協力できないって言うのかい？」

「いや、その、そういうわけじゃ……」

初江にじろりとにらまれて、瞬太は思わず耳を伏せてしまう。

「わかりました。お引き受けしましょう」

やれやれ、といった表情で、祥明はうなずいた。

「呪ってくれるのかい？」

「いえ、そういう事情でしたら、本当に呪詛をおこなう必要はないでしょう。あの家は呪われているっていう評判をたてれば十分じゃないでしょうか？」

「そんなことできるのかい？　さすがは店長さん。頼りにしてますよ」

「恐れ入ります」

祥明は苦笑した。

階段の上まで初江を二人で見送ると、瞬太は大急ぎで店内に戻った。

「うー、寒い。凍死しちゃうよ」

「ホッキョクギツネを見習って、おまえも耳を小さくしてみたらどうだ？　放熱がおさえられるらしいぞ」

「おれは日本のキツネだから無理！」

瞬太は口をとがらせる。

そういえば真夏には砂漠のフェネックギツネを見習えとか言われたような気がする。北極とか砂漠とか、そんな厳しい環境で生き抜いている狐たちは本当に偉いなぁ、と、瞬太はしみじみ思った。

沢崎家の庭には一本だけ白梅が植えられていて、二月から三月にかけて清々《すがすが》しい香りを楽しむことができる。もっとも今夜はその梅を植えたみどりは仕事でいないのだが。

陰陽屋に初江が来た話をすると、吾郎は顔色をかえた。

「えっ、谷中の家が地上げ屋に狙われてる？」

「うん。あの家を猫カフェにしたいんだって」

「それは絶対阻止しないとだめだ！」

いつもは温和な吾郎が、珍しく強い口調で主張する。ちなみに今日のメニューは豚丼と野菜スープだ。

「そうだよね、父さんの生まれた家だし。死んだおじいちゃんの思い出もいっぱいあるんだよね？」

「思い出もあるけど、それより何より、もし万が一、谷中の家がなくなったら、おばあちゃんはたぶん、ここに来ることになる」

父と息子は三十秒ほど無言で見つめあった。

「……それはまずいよね」

「大いにまずいよ」

初江とみどりは共に気が強いせいか、常に一触即発の天敵同士なのである。以前初江がこの家でみどりの介護をうけていた時など、嵐がふきあれて大変だった。

「沢崎家の平和のためにも頑張ってくれ！　猫カフェになんか負けちゃだめだぞ、瞬太」

「わかった」

瞬太は大きくうなずく。

「よし、とにかく体力をつけろ」

吾郎は豚肉を二切れも譲ってくれたのであった。

二

翌日。

祥明と瞬太は、陰陽屋を早じまいして、谷中の家の下見に行くことにした。祥明は黒いてらてらしたスーツ、瞬太は制服のブレザーに着替える。

「その黒いスーツもクラブドルチェの雅人《まさと》さんにもらったの?」

「まあな」

祥明が持っている派手な黒スーツと白スーツは、ことごとく雅人からのもらいものである。

おそらく普通の人はホスト用スーツを普段着にしたりしないのだろうが、祥明は今でも、平気で着て歩いている。ファッションに無頓着《むとんちゃく》なのだろう。しかしこれがまたよく似合うから困りもので、商店街や電車で目立ちまくりなのだ。一緒に歩く瞬太はかなり恥ずかしいのだが、本人は全然気にしていないらしい。

「ドルチェって言えば、葛城《かつらぎ》さんが捜している人の情報は来た？　月村《つきむら》さんだっけ」

「いや、さっぱりだ。この女性を捜しています、っていう告知は、じわじわ拡散はされているんだが、全然反応がない。サングラスをかけていて目元が全然わからないのが悪いのか……。そもそもジロの時は、全国の犬好きの人がばんばん拡散してくれたんだが、人間だと意外とひろがらないんだな」

祥明は渋い顔で腕組みをした。

「さすがに電柱に女性の顔入りチラシをはるわけにもいかないし。行方不明になった場所がはっきりしていて、保健所や警察に問い合わせができたぶん、ジロの方がまだ捜しやすかったたな」

「そうなのか……」

葛城のことを勝手に片想い仲間と認定した瞬太としては、協力してあげたいのはやまやまなのだが、残念ながら何も思いつかない。

「まあ、一応やれるだけのことはやったし、葛城さんへの義理ははたしたってことで勘弁してもらおう。とりあえず今日は初江さんの件だ」

祥明は肩をすくめた。

初江の家は、日暮里駅から歩いて十分たらずの場所にあった。近くには谷中霊園《やなかれいえん》という大きな墓地があり、霊園の外にも寺社仏閣がかなり多い。そのせいか大規模な再開発がおこなわれることもなく、昔ながらの下町の風情《ふぜい》を色濃く残している。

「なるほど、ここは駅からも歩ける距離で、例の夕やけだんだんからも近いし、業者がほしがるのもうなずけますね。何より古民家としてのたたずまいが良い」

祥明は初江の家の前に立ち、感心したようにながめた。ひょっとして戦前からの建物なのだろうか。狭い庭つきの二階建てで、白い漆喰《しっくい》の壁に暗い灰色の屋根瓦がよくはえる。窓枠もサッシではなく木のままである。

「ただ古いだけの家を古民家なんてもてはやすのは勘弁してほしいね、まったく。こんなことなら去年の台風でこわれた時に、すっかりリフォームしておけばよかったよ」

初江はかなり迷惑そうである。

「そんなことおっしゃらないでください、沢崎さん」

背後から急に声をかけてきたのは、ひどくやせた男だった。脇の路地にひそんでいたらしい。

肩までかかるわかめのような髪に、ダークグレーのカシミアコート、その上からぐるりと巻いたマフラー。そこまではまあまあ普通なのだが、マフラーの両端が、猫の手になっている。肉球つきだ。

「ああ、これは失礼、私は神林と申します」

男は名刺をだして、祥明に渡した。初江も持っていた、猫の絵の入った名刺である。

「男だったのか」

祥明は小声でつぶやいた。かわいらしい名刺のデザインと名前から、女性だと思っていたようだ。

「何か？」

「いえ、かわいい猫の名刺ですね。それにそのマフラーも」

「ありがとうございます。私は猫をこよなく愛し、常に猫に囲まれた生活をめざしています。いずれこの谷中を猫でいっぱいにするのが私の夢なんですよ」

神林は両手を組み合わせ、半開きの目を乙女のようにキラキラさせて熱く語った。

「これまでも谷中で猫カフェや猫ギャラリーの展開をいくつかお手伝いさせていただいたのですが、今回のプランは、谷中と猫を愛する私の人生の集大成となることでしょう。見てください、この猫好みの庭、そしてあの縁側！　あそこにちゃぶ台を置いてお茶を飲みながら猫を愛《め》でることができたら最高だと思いませんか!?」

「だからその話は何度も断ったじゃないの」

初江は迷惑そうに顔をしかめる。

「たとえ何十回、いえ、何百回断られようと、私はあきらめませんよ！」

それではまた来ますね、と、言い残して、神林は去って行った。

「かわった人だね！」

思わず瞬太はつぶやく。

「そうなんだよ。しつこくて困っちゃう。店長さん、早くこの家を呪っておくれ！」

「そうですね……」

祥明は慎重に家の中を見てまわる。

「当日、祭壇は、一階の仏間に設置しましょうか。ここが一番広くてよさそうです。縁側ごしに庭からも見えますし」

「どこでも好きなところを使っておくれ」

「ありがとうございます。しかし、この古くて広い家だったら呪われていても不思議じゃないと思わせる説得力が感じられていいですね。この適当に手を抜かれた庭がいいですよ」

荒れはてた、とまではいかないが、庭のそこここで雑草がわさわさと伸びている。地面に落ちた椿の花もそのままだ。

「いつもは草が伸びてきたら業者に来てもらって、庭木の剪定《せんてい》や池の掃除もまとめてやってもらうんだけど、今はそんな気分じゃなくてね」

「むしろ好都合ですよ。当分このままでお願いします。この落ち葉がつもりっぱなしの池もいいですね。こぢんまりとしたピカピカの新築の家よりは、よほどあやしげな雰囲気がありますよ」

「そう?」

喜んでいいんだか、怒っていいんだか難しいところだね、と、初江は苦笑いである。

「それでは早速、今度の日曜日に呪詛、ではなく、お祓《はら》いを行わせていただきますね」

「あたしも何か準備しておくことはあるかしら?」

「祭壇は私たちが用意しますから、日曜日にお祓いをやるということをご近所のみなさんやお弟子さんたちに大々的に宣伝していただけますか。呪われた家だっていう評判をたてることが目的ですから」

「わかったよ」

初江はいたずらっ子のような顔でうなずいた。

三

さすがに二月の寒空の下、屋上で昼食をとるのはきびしいので、ここのところ、昼休みはずっと食堂である。

瞬太は吾郎がつくってくれた弁当を食べるが、高坂《こうさか》と江本《えもと》、岡島《おかじま》はラーメンが多い。今日の弁当は、鶏の照り焼き、アスパラベーコン、ミートボールと、肉多めである。沢崎家の平和のために体力つけて頑張れ、ということだろうか。

「最近、陰陽屋さんはどう？　何かかかわった依頼はあった？」

高坂は今日は塩ラーメンである。

「そうだな。このまえ谷中のばあちゃんが店に来たんだけど」

瞬太の説明を三人はラーメンをすすりながら聞く。

「それで陰陽屋さんに呪いの依頼か。沢崎家もたて続けに大変だね」

高坂が気の毒そうな顔をした。

「まあでも店長さんが何とかしてくれるんじゃない？」

江本の言葉に、瞬太は少しだけ肩をおとす。

「江本も三井《みつい》みたいなこと言うんだな」

瞬太の言葉に、江本はしょうゆラーメンから顔をあげた。

「三井が何か言ったの？」

「まえ、ジロを返してもらえなくて困ってた時に、きっと祥明が何とかしてくれるから大丈夫だって言ったんだ」

「ふーん、そうなんだ。店長さんのこと信用してるんだな」

「そうなんだよ、祥明は顔がよくて口がうまいから、三井もだまされてるんだよ」

瞬太は不満そうに頰《ほお》をふくらませた。

「まあまあ。陰陽屋のお客さんはみんなそうなんだろ？」

「まあな。バレンタインとかすごいんだよ。去年なんか二月いっぱい休憩室にチョコが山積みされてた」

「いいなぁ。おれなんて去年、母親のだけだったぜ」

江本が心底うらやましそうに言う。

「おれも母さんだけだったな。コンビニで五百円くらいで売ってそうなやつ」

瞬太の言葉に、よし、と、江本がうなずく。

「おれは中学で野球部だったから、マネージャーが全員にチョコくれた。一個百円のやつ。友チョコって言ってたけど、完全に義理チョコだった」

岡島は中学では野球部だったのである。おっさんくさい体型のせいかどうかはわからないが、お約束のキャッチャーだったらしい。

「いまどき全員に義理チョコくれるマネージャーなんて貴重なんじゃない？　いいなぁ」

「いや、後でわかったんだが、スポンサーは監督だったんだ」

「気配り上手な監督だな」

ぷぷっと江本は笑った。

「委員長なんかもてそうだからいっぱいもらったんじゃないの？」

「僕も新聞部の女子たちがくれた義理チョコばっかりだよ。王子《おうじ》桜《さくら》中の新聞部は女子が多かったからね」

「母チョコより断然いいよ！　っていうか、それ本当に義理チョコ？　ひそかに本命まじってたんじゃないの？」

江本が今にもよだれを流さんばかりのうらやましそうな顔をする。

「そんなことないよ」

高坂はにっこりと余裕の笑みで答えた。

「今年ももうすぐバレンタインだけど、また母チョコだけなのかなぁ」

「最近は男同士で友チョコ交換するのもありらしいよ」

高坂の言葉に、うーん、と、江本はうなる。

「岡島、おれのチョコほしいか？」

「くれるものは何でももらうぜ。お返しはしないけどな」

岡島はとんこつラーメンのスープを一滴残さず飲んでニヤッと笑った。

「あー、そういえば、一応、新聞同好会にも女子が一人だけいたな」

岡島が言うと、三人は微妙な表情になる。

「遠藤《えんどう》か……」

江本がつぶやくと、岡島がうなずいた。

「遠藤からのチョコって、毒とか仕込まれてそうで怖くないか？」

「まずおれたちにはくれないから、心配しないでも大丈夫だろ」

岡島の発言に江本はひきつった笑みで答える。遠藤茉奈《まな》は粘着的なストーカー体質なので、彼女のチョコを受け取るには、かなりの勇気を要するだろう。

「そ、そうだな」

うなずきながら、瞬太は、委員長はどうだかわからないけど……と、ちらりと考えた。当の高坂は、あまりふれたくない話題なのか、ノーコメントである。

「あ、おれ、今年は母さん以外からももらえるかも」

瞬太が言うと、あとの三人はあからさまに驚いた顔をした。

「えっ⁉」

「マジかよ⁉」

「三井がくれそうなのか？」

江本ってば人が大勢いる食堂で何てことを言うんだ。瞬太は顔を赤くしながら、急いで否定した。

「違うよ。仲条《なかじょう》のばあちゃんがバレンタインはチョコプリン作ってくれるって」

「ああ、例のプリンのばあちゃんか……」

江本が気の抜けた顔でつぶやく。

瞬太だってもちろん、三井からチョコをもらいたいのはやまやまだが、そんな見通しはまったくたっていない。

「君たち、あいかわらず不景気な話をしているねぇ」

嫌味な声が背後から聞こえてきた。

インスタントラーメンのようなくるくるした髪の男子生徒が、四人を見おろしている。パソコン部一年の浅田真哉《あさだしんや》だ。

「何だよ、おまえは母チョコ以外にももらえるあてがあるっていうのかよ？」

「当然だろう」

「パソコン部女子一同からの義理チョコか？」

「君たちの発想は貧困だね。ま、男子四人しかいない新聞同好会ではおのずと越えられない限界があるんだろうけど。あ、女子が一人だけいるんだっけ？　良かったね、一個はもらえる可能性があって」

　ふふん、と、高坂を一瞥《いちべつ》する。浅田は入学以来ずっと、一方的に高坂をライバル視しているのだ。

「今、我がパソコン部WEBチームによる飛鳥《あすか》高校校内ホームページではバレンタイン大特集中だから、せいぜい参考にしてくれたまえ」

　はっはっはっ、と、嫌味な笑いをまき散らしながら去っていった。

「バレンタイン特集なんてやってるのか。あいかわらず軽薄だな」

「どうせ王子で一番チョコが美味《おい》しい店はどこかとか、そんなんだろ」

「まあでも女子はお店情報とか大好きだからな。校内新聞でもバレンタインがらみの記事をのせるのか？」

　岡島はつまようじを使いながら高坂に尋ねる。

「うーん、新聞記事としてはちょっとね。バレンタインはパソコン部にまかせることにするよ」

「あ、じゃあ、もしかして、二月号の紙面にまだ余裕ある？　伝言板コーナーなんだけど」

瞬太の問いに、高坂は目をしばたたいた。

「珍しいね。何かのせたいお知らせがあるの？」

「うん、祥明の知り合いが人捜しをしてるんだけど、全然情報が集まらなくて困ってるんだ。隅っこでいいからのせてもらえないかな？」

「小さくなっちゃうけど、それでよければ」

「ありがとう」

やっぱり委員長は頼りになるなぁ、と、瞬太は感心した。

四

バレンタインを四日後にひかえた日曜日の午後。

瞬太と祥明は、童水干《わらべすいかん》と狩衣《かりぎぬ》のお仕事スタイルで谷中にでかけた。電車の中でかなり目立つが、十分間ほどの我慢である。

初江の家に着くと、早速、仏間に祭壇を設置した。御幣《ごへい》や酒、米などを並べていく。

準備が終わった頃には、初江の噂話工作が功を奏し、板塀ごしに家の様子をうかがう人だかりができていた。

人の輪の中心にいるのは当の初江である。

「先生、今からお祓いって本当なんですか？」

家の前で、三味線教室の弟子らしき女性が、初江に声をかけている。瞬太は仏間で、キツネ耳をピンとたてた。

「そうなの。ほら、あたし、一昨年は病気で倒れたし、去年は台風直撃でこの家壊れたでしょ？　どうもおかしいと思って、知り合いの陰陽師さんにみてもらったら、お祓いをしないと大変なことになるって言われたんだよ」

初江が大げさに言い立てると、周囲からざわめきがおこった。普通なら「陰陽師の言うことなんてまに受けて大丈夫？」とつっこまれるところだが、初江の病気も、台風の直撃も実際におこったことなので、皆、半信半疑のようだ。

「つまり、何か悪いものがこの家にとりついてるってことですか？」

「そうなのよ。この家、呪われてるんですって。ほら、このへん、墓地がいっぱいあるじゃない？　いろいろ通ったり、とりついたりしてるらしくて」

「えっ、そう言えば……」

これまた実際に、この周辺には谷中霊園を筆頭に大小の霊園が点在しているので、妙な説得力がある。祥明の入れ知恵とはいえ、祖母の意外な口のうまさに、瞬太は舌を巻いた。

「初江さん、呪われた家になんか住んでて平気なの？」

これは祖母の友人らしい。

「平気じゃないわよ。ここのところずっと肩こりがひどかったり、膝が痛んだりして体調がおかしいもの」

それは年相応という気もする。

「でも、ほら、これからばっちりお祓いをしてもらえば、大丈夫なんじゃない？」

「だといいけどねぇ。あたしはもう、どうしたらいいのか……」

初江は両手で顔をおおい、おおげさによろめいてみせた。まわりの人たちが慌《あわ》てて支えてくれる。

ばあちゃん、役者だなぁ。

瞬太は心の中で拍手をおくった。

「祥明、ばあちゃんたち、だいぶ盛り上がってるよ」

「そろそろいいか」

祥明は狩衣をきちんとととのえて、庭に面した縁側へでた。キシキシと音をたてるすべりの悪い窓を苦労してあけると、外で立ち話をしている初江に声をかける。

「準備ができました。祭壇の前へお願いします」

初めて祥明を見た人たちがどよめく。端整な容姿とうさんくさい雰囲気に、皆、驚かずにはいられないのだろう。

「本当に陰陽師の格好してるわね。映画みたい」

「何、あれ、役者じゃないの？」

「それにしてもいい男ねぇ」

一方、祥明の斜め後ろにつき従う瞬太に関しても、感想が聞こえてきた。

「あら、あの子、猫耳かしら？」

「男の子なのにかわいい猫耳つけてるわね」

この反応もいつも通りである。

ひそひそ話をする人たちにむかって、初江がしおらしい様子で話しかけた。

「よかったらみんな、一緒にお祓いを見ててもらえないかしら？　あたし一人じゃ心細くて……」

「え、いいのかしら……？」

皆、戸惑ったように顔を見合わせる。だが、重ねて初江に頼まれて、ぞろぞろと家にあがってきた。きっと陰陽師がどんなお祓いをするのか、好奇心に負けたのだろう。仏間に入りきれない人は、庭から見物することにする。

もともと古い家の中は、仏間をはじめ、あちこちにお札《ふだ》がはられ、すっかりあやしい空間と化していた。

コホン、と、祥明は咳払いをする。

「沢崎初江さんから霊障《れいしょう》があるとのご相談を受け、この家を隅々まで調べさせていただいたところ、どうやら、霊のふきだまりになっていることがわかりました」

「うへぇ」

「ふきだまりってひどいな」

皆一様に顔をしかめて、ざわつく。

「私の力で完全に清められるかどうかはわかりませんが、精一杯、つとめさせていただきます」

祥明はうやうやしく一礼すると、祭壇にむかい、大きな声で祭文《さいもん》を唱え始めた。一体何事かと、通りすがりの人たちものぞいていく。もちろんそれも計算のうちである。

祥明は得意とする祭文のうち、長い方をろうろうと唱えていた。

ところが。

「うっ」

祭文の途中で、急に祥明はよろめいた。

「どうしたの⁉」

驚いて駆けよろうとする初江を祥明は手で制する。

「私にさわらないでください！」

祥明は片膝をつきながらも、体勢をととのえなおし、祭文を再開する。

くさい。くさすぎる演技だ。

瞬太は尻尾をパタパタさせて笑いころげたいのをぐっと我慢した。初江といい、祥明といい、面白すぎである。

だが瞬太が油断しきっていたその時、突然天井《てんじょう》からビシッという変な音が響いた。

「二階に誰かいるの？」

初江に尋ねる。

「そんなはずはないよ。そもそも今のは、人間の足音じゃないだろう？」

「そうだよね。変だな」

瞬太が首をかしげながら天井を見上げていると、今度は、カタカタカタと、何かが揺れるような音が聞こえはじめた。

「えっ⁉」

驚いて周囲を見回すが、特に地震のような揺れはない。音がするだけだ。

「地震……？」

「でも揺れてないわよね？」

「何の音……？」

瞬太のキツネ耳以外にも聞こえているようで、初江をはじめ、他の人たちも皆、不安げにあたりを見回している。

「祥明、これ、ポルターガイストの、ええと、ラップ音っていうやつなんじゃないか⁉」

ポルターガイストという現象がおこる時には、家鳴《やな》りのようなピシッという音がたて続けに聞こえたり、カタカタと物が揺れたりするのだと、以前、祥明が言っていた気がする。いや、オカルト好きのみどりだっただろうか。

だが祥明は必死の面持《おもも》ちでひたすら祭文を唱えていて、返事がない。瞬太の声など耳に入っていないようだ。

そうこうしている間にも、ピシッ、ミシッ、と、奇妙な音が続く。

そんなばかな。この家で霊の気配を感じたことは一度もない。まさか祥明の祭文が、何かよからぬものをよびだしてしまったのだろうか。祥明はインチキでも、祭文そのものは本物らしいし。

瞬太は緊張した面持ちで金色に光る目をみはり、キツネ耳をすませた。てのひらをぎゅっと握りしめる。

「急急如律令！」

祥明が決め台詞《ぜりふ》を叫んだ時。

ビシッ
天井板が裂《さ》けたのではないかというくらい不吉な音が響き渡り、カッと白い光がひらめいた。

五

瞬太はとっさに両手で頭をかかえ、しゃがみこんだ。

「キャーッ」

「でたー！」

初江たちは大騒ぎである。

「皆さん、落ち着いてください。もう終わりました」

祥明が蒼《あお》い顔で告げるが、なかなかざわめきはおさまらない。

「な、何だったのさ、今のは⁉」

初江はすっかり取り乱して、声が裏返っている。こんな祖母は見たことがない。

「ここにたまっていた死霊《しりょう》が激しく抵抗していたようです。鎮宅霊符《ちんたくれいふ》で封じ込んでおきましたのでご安心を」

「そ、そう？　ならいいけど」

「初江先生、今までもこんなことがあったんですか？」

「うーん、ミシミシとかギシギシとかって音はたまにしてたけど、光ったのは初めてだね。本当にびっくりしたよ」

「そうだったんですか。でももうお札で封じ込めたから大丈夫なんですよね？」

初江の弟子に尋ねられ、祥明は目をそらした。

「ええ、まあ、一応は」

「一応ってどういう意味？　まさか失敗したんじゃないでしょうね？」

初江がくってかかる。

「そ、そんなわけないじゃないですか」

祥明の笑みがぎこちない。

「ただ、その、この家は、あちらのお寺の墓地から見て、北東、つまり鬼門《きもん》にあたるんですよ。ですから、そちらから流れてくる死霊はあとをたたないと思います」

祥明は板塀のむこうに通りをはさんで見える墓地を扇でさし示した。

「これはちょっと私の力で抑えるのは難しいですね」

一度おさまったざわめきがふたたびおこる。

「でも五年に一度、いえ、三年に一度、新しい霊符にとりかえれば安心だと思いますよ、たぶん」

「そんなに場所が悪かったなんてねぇ……。こんなところに住んでたんじゃ、あたしももう長くないかしら？」

「いえ、亡くなられたご主人が守護霊として初江さんをまもってくれていますから、生命の危険はないでしょう。ただ、土地の穢《けが》れをふきとばすほどの守護にはなっていないようです」

「あの人はただの気のいい年寄りだったからねぇ……」

初江はしみじみと言う。

「この家で三味線教室をひらいておられるとのことでしたが、これ以上生徒を増やしたり教室を広げたりするのは難しいですね。そこまではご主人の力をあてにはなさらない方がいいと思います」

「そんな欲張ったことは思っちゃいないから大丈夫さ。今いる生徒たちを大事にして、分相応にやっていくよ」

初江は神妙な面持ちでうなずいた。

「みんな、今日は来てくれてありがとう。あたし一人だったら、腰をぬかして三日は歩けなくなるところだったよ」

「まあ、先生ったら」

「でも三年は安心だそうですから、よかったですね」

「初江さん、あたしたちも珍しい経験をさせてもらって、びっくりしたけど面白かったわ。できれば夏の方がよかったけど」

そんな話をしながら、生徒も近所の人たちも帰っていった。

玄関も窓も閉め、もう自分たち以外誰も残っていないのを確認して、祥明はうーん、と、腕のストレッチをはじめた。

「陰陽屋を開いてからもう一年以上になるが、お祓いがうまくいかないふりをするのは初めてのことだったから疲れたな。なかなか大変だったが、まあ、あんなものだろう」

「えっ、わざと失敗したの？」

瞬太が驚いて尋ねると、祥明は呆《あき》れ顔で肩をすくめる。

「呪われた家っていう評判をたてるためのお祓いなのに、成功してどうする」

「それもそうか……」

瞬太は脱力のあまり、その場に座りこんでしまった。初江もぐるだったようで、涼しい顔をしている。

「でもさ、あのラップ音みたいなの、何だったんだろう」

「ああ、あれか」

祥明は押し入れのふすまをあけると、天袋からレコーダーを取り出した。

「これだ」

「えっ、じゃあ光は!?」

「ふふふ」

にやにやしながら二階からおりてきたのは、父の吾郎だった。沢崎家の危機に際し、自分もひとはだ脱ぐことにしたらしい。

「うちからありったけの照明を持ってきていっぺんに点灯したんだ。もっとも、やりすぎてすぐにブレーカーがおちちゃったけどね」

「じゃああのバシッて音は……ブレーカーの音だったの？」

「うん。古い家だから、ブレーカーがおちる音も盛大だったね」

「そんな作戦があるんだったら、最初からおれに教えてくれればいいのに、祥明も父さんもひどいよ」

瞬太は真っ赤な顔でプッと頬をふくらませた。

「ごめんごめん、瞬太は嘘が下手《へた》そうだからさ」

吾郎があはは、と、明るく笑う。

「うう、たしかにうまくはないけど……」

「キツネ君の不安そうな気配がみんなに伝染して、なかなかの盛りあがりだったよ。ご苦労さん」

祥明は扇で口もとをかくし、にっこりと笑う。

「ちえっ」

どうも自分はいいようにのせられたようだ。まあ役に立ったのならいいか、と、思いつつも、ちょっぴり悔《くや》しい。

「それでは呪いは無事に成功したということで」

「これで町おこしの人ももうあきらめてくれるよね」

祥明は初江にむかって優雅に一礼した。

「助かったよ、店長さん」

初江は満足げにうなずく。

「じゃあ母さん、またね」

「ああ、あんたたちもありがとう」

瞬太は吾郎と一緒に、王子の我が家へ帰ったのであった。

これで古民家猫カフェ計画も頓挫《とんざ》した、と、思われたのだが。

六

月曜日は冷たい霧雨だった。

こんな寒さの中でも、鼻をよくとぎすますと、あちらこちらで梅や水仙の香りをかぎとることができる。植物って本当にたくましいなぁ、と、感心しながら、ねぼけまなこで高校にたどりつくと、廊下で三井とでくわした。きゃしゃな手には通学かばんをさげている。

三井がこんな遅刻ぎりぎりの時間に教室に入っていないのは珍しい。寝坊だろうか。

「おはよう、沢崎君」

にこりと笑う三井から、ふわんといい匂いがする。

「おはよう……いい匂いだね」

「えっ？」

しまった、つい思ったことを口走ってしまった。

瞬太は慌てふためいて、両手をパタパタさせる。

「あ、今、どこからか甘い匂いがした気が。き、気のせいかな、あははは」

「甘い匂い？　あっ、もしかして、昨日、お菓子をつくったからかな？」

三井は自分の腕のにおいをかぎながら、なぜかパッと頬を染めた。

「へー、そうなんだ」

「たまにはね」

三井ははにかんだように微笑《ほほえ》む。何をつくったのかきこうとしたところで、始業チャイムがなりはじめた。

「あっ、遅刻しちゃう！　沢崎君も急がないと！」

三井は小走りで教室にかけこんでいく。

三井の後に残ったこの甘い香りは、砂糖と、バニラと、カカオだろうか。

カカオ……?

もしかして、昨日、手作りチョコにチャレンジしていたのだろうか。

心臓が胸の中ではねまわり、今にも口からでてきそうだ。

どうしよう、耳がムズムズしてきた。

まずい!

「沢崎君、何をしてるんですか?」

瞬太が両手で耳をおさえてふりむくと、不審そうな顔をした只野《ただの》先生が立っていた。

「あ、先生……」

心臓がプシューッと音を立てて落ち着くのを感じる。

「早く教室に入りなさい。もうチャイムなりましたよ」

「はい」

瞬太は両手をおろすと、そそくさと教室に入り、席についたのであった。

とっぷりと日も暮れ、すっかり暗くなった午後六時ごろ、初江から陰陽屋に電話がかかってきた。

「わざわざ陰陽師をよんであんな盛大なお祓いをやったんだから、もう呪いは心配しないで大丈夫だって言うんだよ。性懲《しょうこ》りもない！」

通話の相手は祥明なのだが、初江が大声を張りあげているので、瞬太にもまる聞こえである。

「もしかして、お祓いの時にあの町おこしプランナーも来ていたんですか？」

「どうやら外からこっそり見物していたらしいのよ。でも、家がきしむ音や、店長さんの話は聞こえなかったみたいなの」

「ふむ」

「あの時の話をもう一回、地上げ屋にしてやってくれる？　お寺さんの鬼門の方角だから、霊がどうのこうのってやつ」

「わかりました。今度、神林さんを当店まで連れてきていただけますか？」

「明日の夜は三味線のお稽古があるから、昼間でもいいかしら？」

「大丈夫ですよ」

通話を終了した後、祥明は休憩室の机につっぷして、深々とため息をついた。

「あー、面倒臭っ」

心の底からの暗い声がひびく。

「気分良く終わったと思っていた仕事を蒸し返されるほど腹が立つことはないな！ くそ地上げ屋め」

「そんなに文句を言わないでも、一回説明してやればすむ話だろ？」

「あの家で、あの演出があってこその説得力だったんだよ」

祥明は左手で頬杖をつき、右手の人差し指でイライラと机をたたく。

「じゃあもう一回お祓い失敗する？」

「次は三年後って言ってしまった後だし、そんなに何度もお祓いに失敗したら、うちの商売に響くからだめだ」

「それもそうか」

はあ……と、もう一度祥明は長いため息をついた。


火曜日の午後一時。

強い北風がふきすさぶ中、初江と共に、町おこしプランナーこと神林葵が陰陽屋へやってきた。今日は猫手マフラーを巻いていない。が、コートを脱ぐと、細いストライプの入った高そうなスーツの胸ポケットに、白い猫のぬいぐるみがはいっていた。さすがである。

「陰陽屋へようこそ」

当惑をぐっと押しかくして、営業スマイルをうかべる。

「先日、沢崎さんのお宅の前でお会いしましたが、あらためてご挨拶させていただきます。陰陽屋の店主の安倍《あべ》祥明です。神林さんでしたね？　お忙しいところ、わざわざのご足労、ありがとうございます」

「いいえ、理想の猫カフェ実現のためなら何でもしますよ」

やせこけた顔で、ニッと笑う。

「でもまさか陰陽師さんだったとは。かわったお仕事をしてらっしゃるんですね。日曜日にお見かけしてびっくりしましたよ」

「最近では陰陽師もすっかり減ってしまいましたからね。江戸時代までは大勢いたようですよ」

祥明はにこにこしながら奥のテーブル席に二人を案内する。瞬太がいないのでお茶はでない。

自分も神林の正面に腰をおろすと、ひた、と、半開きの目を見つめた。

「単刀直入に申し上げます。あなたにしつこくあの家を売ってくれとつきまとわれて、こちらの沢崎初江さんが大変迷惑しておられます」

「私の熱意がなかなかご理解いただけないようで残念です。ね、ミーちゃん」

神林は右手を胸の猫ぬいぐるみにあてて、悲しそうに話しかける。祥明はくらりとよろめきそうになるのをぐっとこらえた。

「お祓いをご覧になったのでしたらご存じでしょうが、あの場所は商売にむいていません。はす向かいにあるお寺の墓地から鬼門の方向にあたります」

「あれだけ盛大にお祓いをなさったんですから大丈夫ですよ。と、ミーちゃんも言っています」

何がミーちゃんだ、いいかげんにしろ、うっとうしい。

祥明は扇をぎゅっと握りしめ、イラッとするのを抑えた。

さすが沢崎初江を困らせているだけのことはある。なかなか手強《てごわ》いじゃないか。

「あれは応急処置です。あの場所の根本的な問題を解決したわけではありません。あそこは死霊がふきだまる恐ろしい場所です」

「なんだと⁉」

神林は目をかっと見開いた。

が、それは一瞬だけで、すぐにいつもの半開きの目にもどる。

「なーんてね。ミーちゃんが怖がるじゃないですか」

神林はぬいぐるみの小さな頭をなでる。

怖いのはおまえだ。

祥明は喉元《のどもと》までこみあげてきた言葉を、多大な努力をもって飲み込む。

「大丈夫だよ、ミーちゃん。死霊とか呪いとか、そんなのただの迷信だからね。全然怖くなんかないよ」

神林はにこにこ猫に話しかけながら、祥明の説明を全否定した。

「二十一世紀にもなって、そんなあやしげなものが実在するなんて、陰陽師さんは本気で信じていらっしゃるんですか？」

「いますよ。私たちの常識でははかりしれない不思議なものは、確実に、二十一世紀の東京にも」

たとえば化けギツネとかね。

祥明は心の中でつぶやいた。

「ええっ⁉　まいったなぁ。ミーちゃんはどう思う？　なになに、陰陽師さんとしては、死霊や呪いが存在しないと商売自体が成り立たないんだから、そう答えるに決まってるって？　ミーちゃんは鋭いなぁ」

神林は猫を自分の耳に押しあてて相好《そうごう》をくずした。ミーちゃんと内緒話をしているつもりらしい。

「沢崎さんはどう思ってらっしゃるんですか？」

「いるわよ。二十一世紀にも」

ねえ、と、初江と祥明はうなずきあう。二人にとっては、あやかしなど珍しくも何ともないことだ。

「おやおや、まるで何か見たことがあるかのような口ぶりですね」

何も知らない神林はやや呆れ気味である。

「うちの息子は谷中霊園で人魂《ひとだま》を見たって言ってたわよ」

「ほほう、人魂を！」

きゃー、こわい、と言いながら、ぬいぐるみは胸ポケットに逃げ込んでいった。

「不肖神林にも人魂くらい見えたら、陰陽師さんのお話を信じて退散するところなのですが、生まれてこの方、何一つ見えたことがないんですよ。谷中にはあんなにいっぱいお寺と墓地があるのに！」

神林はにやにや笑いながら両手をひろげる。

「では今度、夜遅くに沢崎さんのお宅へ一人でいらしてみていただけますか？　ご自分の目と耳で確認していただくのが一番ですから」

「いつでも結構ですよ。なんなら今夜にでも」

「今夜かい？　えらくまた急だね。三味線の稽古が八時すぎまであるから、その後ならいいけど」

神林の言葉に、初江は顔をしかめた。

「では今夜、十時でいかがでしょう？」

「わかりました。ああ、一人でとのことですが、ミーちゃんはかまいませんよね？」

「お好きにどうぞ」

祥明は扇が折れそうなくらいギュウギュウ握りながら、にっこり微笑んだ。

西空に太陽がかたむき、ビルが長い影をおとす午後四時頃。

いつものように瞬太が陰陽屋の黒いドアをあけると、祥明が待ち構えていた。

「キツネ君、出番だ」

「おれ？」

いきなり言われて瞬太は戸惑う。

「初江さんが今日、例の変態猫男を連れて来た」

神林はくそ地上げ屋から変態猫男に格上げになったようだ。

「ああ、昨日電話でそんなこと言ってたっけ」

瞬太は着替えのために休憩室へ行こうとしたが、後ろから祥明にブレザーの襟《えり》をつかまれた。

「着替えないでいいから、そこに座れ」

「へ？」

瞬太がテーブル席につくと、祥明は怒濤《どとう》のようにまくしたてた。

「というわけで、猫男が今夜、初江さんの家に来ることになったから、おまえの出番だ」

祥明の指示に、瞬太は首をかしげる。

「それで、おれは何をすればいいの？」

「脅《おど》かすんだよ、神林をぎゃふんと言わせてやれ！」

「ああ」

そういえば自分は化けギツネなんだった、と、瞬太は思いあたった。

「このまま手をこまねいていたら、あっというまにあの家は猫カフェにされてしまうぞ。それでもいいのか？」

「ええっ、それはだめだよ！　父さんにも沢崎家の平和を守ってくれって頼まれてるんだから」

「よし、じゃあ今夜はおまえの本気を見せてやれ」

祥明は瞬太の両肩に手をのせて鼓舞する。

「わかった」

瞬太は真剣な面持ちでうなずいたのであった。

七

瞬太は寒い中、夜九時すぎから初江の家の庭でスタンバイさせられた。

みどりに借りたフード付きの黒いダウンのコートで暗闇にまぎれこんだ上、庭木の間にしゃがんで隠れているのだ。お腹や背中に使い捨てカイロをしこんでいるとはいえ、しんしんと冷える。

さっさと逃げだしたいところだが、沢崎家の平和のために頑張ると約束した以上、なんとか耐えるしかない。

早く来いよ、猫男――。

毛糸の黒い手袋をはめた両手で頬を温めながら待つ。

十時すぎ、やっと男の靴音が家の前で立ち止まり、玄関のブザーを押した。

「こんばんは、神林です。お約束通りまいりました」

「よく来たね」

「お待ちしていました」

初江と祥明が玄関ででむかえる。

「では私たちは近所の居酒屋にでも行っていますから、神林さんは一人で留守番をお願いします」

「私を一人にしていいんですか？　私たち、随分《ずいぶん》信用されたようだよ、ミーちゃん」

またぬいぐるみの猫に話しかけているのだろう。

「ああ、信用はまったくしていません。家のあちこちに防犯カメラをしかけておきましたので、家捜しなどはご遠慮ください」

「なるほど」

もちろん嘘である。防犯カメラなんてそんな高価なもの、祥明に買えるわけがない。強いて言えば、瞬太の耳がセンサーがわりだ。もし勝手にたんすや押し入れをあけて物色するような音が聞こえたら、すぐに踏み込んで取り押さえろ、と、言われている。

「怖かったら電気をつけてもかまいませんよ？」

「いやいや、せっかく心霊現象を体験しに来たのに、そんな野暮《やぼ》はしませんよ」

「ではご存分に」

祥明の営業スマイルが見えるようだ。

そう言うと、祥明と初江は連れだってでかけていった。

「ふん、怖くなんかないよね、ミーちゃん」

神林は独り言をつぶやきながら、家の中をそろそろと歩いているようだ。電気はついていないが、街灯や隣家のあかりが窓ごしに入ってくるので、慣れてくれば人間の目でもそこそこ動けるのだろう。畳を靴下でふむ音が聞こえてくる。

だんだん足音が近づいてきた。

足音が畳から板張りにかわった。縁側にでたのだろう。

カタリ。

窓ガラスがゆれる音がする。

きっと窓際に立っているのだ。

あの猫男は絶対にお気に入りの縁側から夜の庭の眺めを確認するはずだ、という、祥明の読み通りである。

瞬太は黒い手袋をはめた左手に狐火《きつねび》をともした。ゆっくりと左手を上にあげ、軽く左右に動かしてみせる。縁側からは青い狐火だけがぼうっとうかんでいるように見えるはずだ。

……はずだが、反応がない。

おかしいな。こっちを見ていないのか？

今度は右手にも狐火をともして、両腕を上にあげる。同じ動きをすると本物っぽく見えないので、左右ばらばらに動かすように気をつけてみる。

これでどうだ。

というか、いい加減気づいてほしい。

頭を下げ、両腕だけあげているのってけっこう疲れるんだぞ。

まさかあいつ、目が悪いのか？

瞬太は姿勢を低くしたままそろそろと縁側に近よって、狐火がよく見えるようにしてみた。

「えっ⁉」

驚きの声とともに、ガシャン、と、窓ガラスに顔だか手だかをぶつけたような音がする。やっと気づいたか！

これでどうだ～！

瞬太はここぞとばかりに、前後左右上下と腕をふりまわして、狐火を動かしてみせる。

「ひ……人魂……っ!? 墓場から流れて……!?」

違うよ、狐火だよ!

まったくもう。

言ってやりたいが、そうもいかない。

「いや、そんな馬鹿な。きっと目の錯覚だよね、ミーちゃん」

ガラガラ、と、縁側の窓ガラスをあける音がする。外の靴脱石《くつぬぎいし》におりたようだ。

もしかして庭にでてくる気か?

まずい。

瞬太はそろそろと庭の奥にむかって後退した。

「……どうせ……」

へ?

「誰かのインチキでしょう」

はっ!?

あっと思った瞬間、背後から神林が瞬太にとびかかってきた。

「陰陽師さんですか⁉」

神林が黒いフードをつかんでひっぱる。

「あっ」

しまった！

瞬太の頭、つまり、狐耳があらわになってしまった。

一生の不覚だ！

「えっ⁉」

コートをつかんだまま、神林は硬直している。

「……耳⁉」

神林はコートをつかんでいない方の左手で、瞬太の耳をつかんだ。

瞬太は振り返って、神林の左手をふりはらおうとする。

「この耳、本物……か？」

「ああ、おれは妖怪だよ！　驚いたか！」

瞬太は黒いコートを脱ぎ捨てると、ヤケクソで叫んだ。コートの下はぼろぼろの浴衣《ゆかた》である。ついでに顔はみどりがのりのりで塗ってくれた歌舞伎《かぶき》風妖怪メイクだ。

「妖怪!?」

驚愕(きょうがく)する神林の腹にドカッとキツネキックを入れると、瞬太は後ろにとびすさった。ちょうど目の前にあった松の枝をふみ台にして、高々とキツネジャンプをし、板塀にのる。

「待て!」

腹を押さえながら、神林は瞬太を追いかけてくる。

「二度と来るな!」

ふり向きざま、塀の上から叫ぶと、軽やかに通りへとびおりる。

「ふさふさ……」

何やらうめいている神林を尻目に、瞬太は急いで逃げだしたのであった。

人目につかない場所、というわけで、例のはす向かいにある墓地に逃げ込んだ瞬太は、周囲に誰もいないのを確認して、浴衣のたもとから携帯電話をとりだした。

「祥明? ごめん、おれ、失敗した」

「どういうことだ?」

「えーと、おれが狐火だしてるの見られちゃって、顔と耳も見られちゃった。化けギツネってばれたかも……っていうか、おれ、自分で妖怪って言っちゃったんだよ。どうしよう!?　どうしたらいい!?　祥明!?」

「おいおい」

　電話のむこうで祥明がため息をついているのが聞こえる。

「とにかく落ち着け。あとはおれと初江さんで何とかするから、おまえは先に王子に帰れ。あ、電車に乗る前に妖怪メイクは落とした方がいいぞ」

「服がボロボロの浴衣なんだけど……」

「コートはどうした？」

「庭に忘れてきた……。手袋はあるんだけど……」

　五秒ほど沈黙が続く。

「……いいか、おれは劇団員だ、って、自分に言い聞かせるんだ。自分が信じることが大事だぞ。京浜東北線《けいひんとうほく》でも堂々としていろ」

「そんなの無理だよ、おれ劇団員じゃないし」

「仕方ないな。コートは回収しておくから、吾郎さんに車で迎えに来てもらえ」

「うう、そうする」

瞬太は情けない気分いっぱいでうなずいた。

八

五分後。

取り急ぎ祥明と初江が家に戻ってみると、まだ消灯されたままだった。

「あれ？　神林さん？　いませんか？」

玄関から声をかけるが返事がない。

「帰ったんじゃないの？」

「そのようですね」

初江は家にあがると、あかりをつけた。

「あらやだ。寒いと思ったら、縁側の窓があけっぱなしじゃない」

縁側へ行って、窓を閉めようとし、庭に違和感をおぼえる。よく見ると、暗い庭に、神林が尻をついてへたりこんでいるではないか。

「あんた、そこで何してるんだい？」

「神林さん？」

初江の声を聞きつけた祥明が、つっかけを借りて庭におりる。神林は靴下のまま庭にでたようだ。

「で……でたんです……妖怪……」

神林は首だけ斜め後ろにねじって、二人につげた。

「大きな三角の耳、縦長の瞳孔《どうこう》、耳まで裂けた口、ふさふさの尻尾……あれは」

震える右手で、胸ポケットのぬいぐるみをおさえる。

「あれは、間違いなく」

唇も震えている。寒さのせいか。

「化け猫でした！」

「…………は？」

祥明は眉を片方つり上げる。

「化け猫ですよ、化け猫！　まわりには青白い人魂もうかんでました！　長年谷中の墓地で猫を見てきましたが、化け猫は初めてです！」

堰《せき》を切ったように神林は話しはじめた。

「耳は表が茶色で裏が黒でした。目は金色のつり目で、スレンダーでしなやかな体型。全体としてはアビシニアンっぽかったですね。ただ茶色い尻尾はバサバサと太くて長くて、メインクーンのようでした！」

身振り手振りをまじえ、熱く語る。

その尻尾の先端は白かっただろう。キツネだよ、キ・ツ・ネ！

祥明は喉まででかかった言葉をぐっと飲み込む。

暗い庭でもあの尻尾の白は見えるはずなのだが、見たくないものは見えないというのが幸せな人間の大原則だ。

「化け猫、ですか……」

「私が嘘をついていると思ってるんでしょう？」

「いえいえ、そんなことは」

どうやらその化け猫の正体が瞬太であることには気づいていないようなので、この際、化け猫説にのっておくことにする。

「そもそも墓地の鬼門にあたるこの場所にあやしい霊がたまりやすいと鑑定したのは私の方ですからね。人魂、幽霊、怨霊などは十分予期していました」

「そうですよね！　あやかしはでるべくしてでたんですよね！」

我が意を得たりとばかりに神林は勢いこんだ。

「しかし、そうですか。化け猫がでましたか。猫というのは、谷中だからでしょうか？　たしかに猫と墓がやたらに多い町ですから、中には化ける猫だっていてもおかしくは……」

その時、祥明ははっとした。天啓《てんけい》がひらめいたのだ。

「三味線のせいかもしれません。初江さん、三味線をたくさん持ってますよね？」

祥明の言葉に神林が顔色をかえる。

「まさか猫皮の三味線を使ってるんですか⁉」

「まあ、その、中には猫のもあるわね。最近のは人工皮もあるんだけど、古いやつはどうしてもね……」

初江は小声でごにょごにょ言う。

「三味線にされた猫が化けてでたのか⁉　それに私は会ったのか⁉　ああ、ミーちゃん、何ておそろしい……！」

神林は両手で自分の胸を押さえて叫んだ。

「ここを猫カフェにするのはやめた方がいいでしょう。三味線にされた猫が化けてでる家で猫カフェなんて、洒落《しゃれ》になりません」

ついに祥明は最終通告をつきつけた。が。

「それはどうでしょう。三味線、いや、沢崎さんがどこかに引っ越せば、化け猫もでなくなるんじゃありませんか？」

まったく、ああ言えばこう言う男である。

「それはそうかもしれませんが、化け猫に二度と会えなくなってもいいんですか？神林さん、すごく嬉しそうでしたよね？」

「うっ……！」

「ここに三味線教室がある限り、またいつか化け猫に会えるかもしれませんよ？」

「ズキュウウウン！」

神林は自分で言って、自分の左胸を押さえた。祥明の言葉にハートを撃ち抜かれたということらしい。

五秒後。

神林はこくりとうなずいたのであった。

一方、谷中まで吾郎に車で迎えに来てもらった瞬太は、自宅の玄関でしょんぼりとうなだれていた。ジロが心配そうにキュウン、と、鼻をならしている。

「母さん、おれ、また、自分が人間じゃないって人前で言っちゃった……」

「ええっ、また!?」

「うん……。つい、勢いで」

「初めて陰陽屋さんに行った時と同じね。だいたい想像がつくわ……」

みどりは左手で額をおさえ、ため息をつく。

「ごめん」

「まあ、もう、すんだことは仕方ないわ」

みどりは瞬太の頭をぽんぽんとたたいた。あまりにも瞬太がしょげかえっていたので、これ以上叱るのはしのびなかったのだろう。

「寒かったでしょ。母さんのクレンジング貸してあげるから、お風呂に入って、ついでにお化粧おとしてきなさい」

「うん」

「ああ、母さん、吾郎です。え、瞬太？」

リビングルームで電話を使っていた吾郎が、玄関にむかって声をかける。

「おーい、瞬太、谷中のおばあちゃんがおまえにかわれって」

「わかった」

そうだ、ばあちゃんにも謝っておかなきゃ……。

瞬太は重い足取りでリビングルームに行き、吾郎とかわった。

「もしもし、ばあちゃん？　今日は失敗してごめん……」

「安心して。店長さんがうまいことフォローしてくれて、うちを猫カフェにするって計画はあきらめさせたから。おまえの正体もばれてないよ」

「えっ、ばれてなかったの⁉」

「ああ、神林はお化けの正体がおまえだって気がついていなかったよ。みどりさんの厚化粧に感謝するんだね」

「よかった～」

瞬太はへなへなと座り込んだ。

「詳しい話は明日にでも店長さんから聞くといいよ。とにかく、おまえももう高校生なんだから、もうちょっと後先考えてから行動しないと」

「うう……わかってるんだけどさ……つい……」

「言い訳しない！」

「はい！」

思わずぴょこんと頭をさげた瞬太だった。


何とか沢崎家の平和を守った瞬太だったが、寒さには勝てなかったようで、翌日から風邪で寝込んでしまった。熱がでたのは久しぶりである。

「昨日、丸一日家で寝てたからもう大丈夫。今日ははってでも学校に行く……！」

そう宣言したのは二月十四日の朝だった。

「ジャスト三十八度。気持ちはわかるけどまだ無理ね」

体温計の表示を見ながら、みどりは首を横にふる。

「どうせ学校でも寝てるだけだから、家にいても学校にいても一緒だよ」

「クラスのみんなにうつしたら悪いでしょ。それに耳と目をどうするの。キツネになってるわよ」

「うう……」

看護師長の威厳でみどりにビシッと言われてはとても逆らえない。

そうだ、母さんが仕事にでかけるのを待って、こっそり学校へ行こう。耳と目は気合いでなんとか人間に戻すんだ。

そうしよう。

寝ているふりをすれば、きっと母さんも油断するはずだ。

「瞬太、眠ったの?」

「……」

寝たふり、寝たふり。

しばらくすると、みどりは一階におりていった。

「日勤だからでかけるけど、何かあったらすぐに電話してね」

一階から母さんの声が聞こえる。

「大丈夫だよ。瞬太はちゃんとみてるから。食事はおかゆでいいかな?」

「お願い」

ドアが閉まる音が聞こえる。

後ちょっとしたら抜けだそう。

後ちょっと……。

…………。

結局、夜まで熟睡してしまい、目がさめた時、律子のチョコプリンとみどりのコンビニチョコが枕元に置いてあったのだった。

第四話

学校怪談調査隊

一

春分の日をさかいに、王子《おうじ》もだいぶ春めいてきた。

飛鳥山《あすかやま》公園では桜の芽がふくらんできて、公園中が赤茶色っぽく染まったように見える気がする。

一足早く、こぶしの花は満開をむかえ、沢崎《さわざき》家でも玄関先の沈丁花《じんちょうげ》が甘い芳香をふりまいている。

商店街でも、もこもこしたダウンのコートはほとんど見かけなくなった。みんな明るい色のスプリングコートか、ジャケットである。

もう春がきているのだ。

そして春休みまであとちょっと。

陰陽屋《おんみようや》の前でほうきを動かしながら、瞬太《しゅんた》は深々とため息をついた。

結局、家で寝ている間にバレインタインデーは終わってしまったのだった。翌日、教室の机の隅々を探してみたが、どこにもチョコの姿はなく。

だが一番ショックだったのは、放課後、陰陽屋に行った時のことだ。

「三井《みつい》さん？　ああ、そういえば昨日、あの子も来ていた気がするな」

祥明《しょうめい》はもらいもののチョコをつまみながら答えた。

「気がするって何だよ!?　おまえは頭がいいのが取《と》り柄《え》だろう？　ちゃんと思い出せよ！　昨日来たってことはチョコもらったんじゃないのか？　おまえあてだった？　それとも陰陽屋あてだった!?」

店あてだったら、祥明と瞬太の二人あてということになる。つまり瞬太にも半分もらう権利があるということだ。

「んー？　さあ。覚えてないな。一年でベストスリーに入るくらい忙しい日なのに、おまえが休んだりするからてんてこまいだったんだ」

祥明は肩をすくめる。

「チョコにカードとかついてなかったの!?　ホワイトデーのお返しはどうするんだよ」

「お返しをお店に用意しておきますから、三月中に取りに来てくださいね、ってお客さんたちに言っておいた。また一斉に三月十四日におしかけられてもさばききれないからな」

ついでに護符の一枚も買って帰ってもらえれば大儲けだ、と、皮算用をしているらしい。

「ええっ、手抜きすぎだろ！　いや、そんなことより三井のチョコはどうなったんだ!?　持って来たの!?　来なかったの!?　たぶん手作りだったと思うんだけど」

「本人にきいてみたらどうだ？」

「そんなことききけるわけないだろ！」

瞬太は涙目である。

「やれやれ、面倒臭いな。そこにチョコあるから、自分で探してみろよ」

「うう……」

瞬太は机の上に山積みされたチョコを片っ端から確認してみた。倉橋《くらはし》からの、スーパーで三百円くらいで売っていそうなチョコは見つかったが、三井からのものはない。

「ない！　ないよ!?　まさかもう食べたの!?」

「じゃあ秀行《ひでゆき》だな。おまえが休んでる間、秀行がかわりにお茶くみに来ていたんだが、あいつ、あんな顔して甘い物に目がないから、半分ばかり持って帰ったんだ」

「ええっ、秀行さんが!?　おれ、今すぐ国立《くにたち》に行ってくる」

「無駄足じゃないといいが……」

祥明は顔の前で扇をひろげた。

一時間二〇分後。

はたして祥明の不吉な予言は的中したのであった。

「えっ、昨日のチョコ？　うん、ヨシアキがバイト代がわりに好きなだけ持って帰れって言うから、持てるだけ持って帰ったんだけど、もう残ってないよ」

槙原《まきはら》は申し訳なさそうに頭をかいた。稽古《けいこ》中だったのか、柔道着である。

「一人で全部食べちゃったの!?」

「いや、両親と祖父母と五人で昨夜《ゆうべ》食べて」

柔道一家の胃袋、おそるべし。

「残りは今日、稽古に来た子供たちに配っちゃったよ。ごめん」

「そ、そんな……。その中に三井春菜《はるな》って名前が書かれたのはなかった？」

「三井春菜ちゃん？　うーん、あったかなぁ、なかったかなぁ」

「秀行さん……」

「本当にごめん」

槙原は何度も謝ってくれたが、後の祭りである。

「義理チョコでもいいからもらってたら、ホワイトデーにお返しのお菓子をあげて、ついでに強引に告白とかできたかもしれないのに……」

「とっくに終わったバレンタインのことなんか忘れて、学年末テストのことを心配しろよ。おまえ、このままじゃ留年確定だぞ」

自称恋愛エキスパートで補習仲間でもある江本《えもと》に真剣な顔で忠告されたのが、二月の終わりのことだった。

そして結局、手をこまねいているうちに、何もできずにホワイトデーもすぎてしまい。

どうやら三井には何も言えないまま、一年生は終わりそうである。二年生になれるかどうかは別として。

「あーあ……」

瞬太は顔をあげ、何となく夕陽をながめる。

……だめだ。

ぐるぐる考えていたせいか、昼でもないのに強烈な眠気が……

「う……」

しっかり、おれ。こんな階段の真ん中で眠ってどうする。

ああ、どこからともなくカレーの匂いが……

「沢崎？」

「…………」

「沢崎！」

「え？」

瞬太が重いまぶたをもちあげると、飛鳥高校の制服を着た生徒二人が立っていた。

男子と女子が一人ずつである。

「やあ、沢崎。いや、キツネ男とよぶべきかな？」

男子生徒の方が、こまかいウェーブのかかった前髪を人差し指にくるくるからめながら、気取った声で話しかけてきた。

「あっ、おまえは！」

瞬太はとっさにほうきを構える。

「おまえはいつも委員長にからんでいる……パソコン部の……えーと、名前何だっけ？」

「浅田《あさだ》だよ！　浅田真哉《しんや》！」

浅田はムッとした顔で言った。

「あー、そうそう、浅田だっけ。何か用？　あっ、まさかまたおれの記事をネットに書くつもりじゃないだろうな⁉」

浅田には去年の秋、瞬太が王子稲荷《いなり》で拾われた赤ん坊であったことを校内向けホームページに独断で掲載し、学校から厳重注意を受けたという前科がある。

「はあ？　これだから自意識過剰なやつは嫌なんだよ。なんで僕がえんえんと同じネタを追いかけてなきゃいけないのさ？　そもそも僕は……」

「いいから早く本題に入りなさいよ」

浅田の話をさえぎったのは、女子生徒の方である。美人だが、太い黒縁フレームの分厚いレンズの丸眼鏡《まるめがね》をかけ、ゆるいウェーブのかかったセミロングの髪を黒いゴムできゅっと二つにくくっている。靴下は膝上まである紺のニーソックスだ。このマニアックな雰囲気はパソコン部ともまた違う気がするが、何者だろう。

「せっかちだな、もう」

浅田はぶつぶつ文句を言いかけたが、女子生徒にじろりとにらまれてやめた。

「とにかく僕が用があるのは、沢崎じゃない。店長さんさ」

「へ？　祥明に？」

「そう。今、お店にいるかしら？」

「いるけど……」

浅田が祥明に用事だなんて、一体何だろう。ろくな用じゃないに決まっているが、祥明に無断で追い返すことはできない。

「じゃ、行きましょ」

瞬太が迷っていると、女子生徒はさっさと階段をおりはじめた。

二

慌《あわ》てて瞬太も階段をかけおりると、陰陽屋の黒いドアをあけた。

「祥明、お客さんだよ！　うちの高校の浅田と……えーと？」

「あたしは二年生の浅田紀香《のりか》。真哉の姉よ」

「お姉さん？」

髪の毛のウェーブもゆるいし、全体的な雰囲気は全然違うが、そう言われると、つんと上をむいた鼻が似ているかもしれない。

「いらっしゃい、紀香さんと真哉君。陰陽屋へようこそ」

祥明がいつもの営業スマイルででむかえると、浅田姉弟《きょうだい》は一瞬ひるんだ。これまで遠目で見たことはあっても、間近は初めてだったのだろう。

「あ……ど、どうも」

いつもの饒舌《じょうぜつ》ぶりはどこへやら。浅田は間抜け面《づら》で、ありきたりな台詞《せりふ》をつぶやいた。

「よろしくお願いします」

先に立ち直ったのは姉の紀香だった。

こほん、と、咳払いをして、軽く頭をさげる。

「今日は陰陽屋さんへお願いがあってまいりました」

「ほう、何でしょう？」

「今度、ミステリー研究会とパソコン部のタイアップ企画で、飛鳥高校の怪談を調査することになりました。そこで陰陽屋さんの協力をいただきたいのですが」

ミステリー研究会なんて聞いたこともないが、おそらく、新聞同好会といい勝負の零細サークルなのだろう。ちなみに、紀香がミステリー研究会の会長なのだという。

「うちの高校に怪談なんてあるの？」

瞬太の問いに、紀香は目をきらりと光らせた。

「あるのよ。南校舎一階トイレの怪とか、生物室の怪とか」

「えっ、本当に!?」

初耳である。

「本当よ。ふふふふふ……」

瞬太の反応が気に入ったのか、楽しそうに、だが何となく思わせぶりな様子で紀香は笑う。

「奥のテーブル席で詳しくうかがいましょうか」

祥明は浅田姉弟を店の奥に案内した。

瞬太が湯呑みをのせたお盆を運んでいくと、早速、浅田が祥明にむかって説明をはじめていた。

「パソコン部が作っている校内向けのホームページで、飛鳥高校にまつわる学校の怪談って何か聞いたことありますか、って質問をしたら意外にもりあがって、今度、特集を組むことになったんです」

「ミステリー研究会の調査によると、うちの高校に伝わっている怪談は全部で七つあります」

横から紀香が解説する。

「そんなにあるの？」

「飛鳥は創設されてからまだ十数年だけど、校舎は前身である北高のをそのまま引き継いでるから、実は年季が入ってるのよ。怪談の七つや八つあっても、全然不思議じゃないわ」

「へー、そうなんだ」

見た目はそれほど古そうには見えないが、改修工事でもしたのだろうか。

「でも七つの怪談の中には、信憑性に欠けるものもあるので、この際、その真偽を確認したいと思っています。そして万一、本物の怪異現象だった時には、陰陽屋さんに鎮《しず》めていただきたいのですが、いかがでしょうか？」

「鎮める必要があるんですか？　実際に何か被害がでたというのならともかく、今のところ、ただの噂話ですよね」

祥明はやんわりと断りモードに入った。高校生の依頼になんかかかわってもたいした謝礼も期待できないし、面倒臭いだけだと考えているのだろう。

「たとえばトイレの花子《はなこ》さんが実際にいたからといって、どうってことはないでしょう？　その個室を使わなければいいだけです」

「花子さんを甘く見てはいけません。花子さんにでくわした生徒は、トイレに引きずり込まれて行方不明になってしまうという説が全国的に有力です」

「飛鳥高校で行方不明になった生徒がいるんですか？」

「今のところいませんが、将来に備えて、万全の対策をとっておきたいのです」

「ほう」

「もちろんお金は払います」

「霊障《れいしょう》の調査は高いですよ。うちの料金だと、一日で五万です」

高校生に五万円もの予算があるはずがない。さっさと話を打ち切るための料金提示である。

「五万円……」

さすがに紀香は顔をひきつらせた。

「お祓《はら》いを行うことになった場合、さらに追加で五万いただきます」

「うっ」

浅田と紀香は絶句した。

紀香は眉根をぐっとよせ、考え込んだ。浅田はそんな姉の様子をちらちらと横目でうかがっている。

紀香は決然とした表情で背筋をのばすと、口をひらいた。

「わかりました。払います」

「えっ⁉」

今度は祥明が驚く番だった。

「払いますから、怪談の調査、お願いします」

「本当に大丈夫なんですか?」

祥明はいぶかしむように首をかしげた。まさか承諾するとは思っていなかったのだ。

「パソコン部には潤沢《じゅんたく》な予算がついていますから問題ありません。いざとなったらノートパソコンの一台も売り飛ばせばそこそこの金額にはなるはずです」

「姉さん⁉」

「違う意味で大丈夫なのか心配ですね……」

祥明はあきれ顔で扇をひらいた。

三

翌日の昼休み。

おだやかな陽射しを背中にあびながら、瞬太たちは校舎の屋上で昼食をひろげた。今日の吾郎《ごろう》のお手製弁当はカニコロッケとアボカドの自家製スモークサーモン巻きと蒸した温野菜だ。最近、みどりの弁当も一緒に作りはじめたせいか、野菜がふえた気がする。

「土曜日の夜に、パソコン部の浅田とそのお姉さんと一緒に、うちの高校の怪談話を確認してまわることになったんだ。土曜だったら夜間の授業もないし」

瞬太は昨日、浅田姉弟が陰陽屋に来た話をした。

「ああ、学校の怪談ネタは永遠の定番だからね。うちの高校だとトイレと生物室と食物室かな？」

さすがに高坂《こうさか》は情報通である。

ちなみに今日の高坂のパンは野菜とリコッタチーズのサンドイッチだ。

「新聞同好会ではオカルトネタは取り上げないの？」

「うーん、今のところ実際に心霊現象に遭遇したっていう話は聞かないし、全然噂の域をこえないから、新聞記事としてはちょっとね」

「じゃあたとえば、伝説通り、食物室に血まみれ包丁が落ちてたら？」

江本はそばかすのういた顔でニカッと笑った。今日はえびマヨの天むすだ。

「それはもちろん記事にするけど」

「ええっ、血まみれ包丁⁉」

「わりと有名な話だよ。沢崎は知らないの？」

江本に言われ、瞬太は顔をしかめた。

「夜、校内を歩き回るの怖くなってきたな……」

「ただの噂だよ。安心して」

「そうそう。これだけいっぱい教室があるんだから、幽霊の一人や二人いてもよさそうなもんだけど、誰も見たやついないし」

江本はちょっと残念そうだ。

「もし幽霊と妖怪の両方がいる高校ってことになったらすごいけど」

高坂がいたずらっぽい目をして笑う。

「え、うちの高校って妖怪いるの!?」

江本が驚いてきき返す。

「沢崎って一応妖怪なんじゃないの？」

「なんだ、沢崎のことか」

「う……」

「一応」とか「なんだ」などと言われ、しょんぼりしながら瞬太はカニコロッケを口にはこぶ。

「そんなことより」

すき焼きおにぎりを食べ終わった岡島《おかじま》が重々しく口をひらいた。

「浅田のやつ、お姉さんがいたのか」

黙って食事に集中していると思ったら、そっちが気になっていたのか。

「浅田に似てるのか？」

「そうでもないかな。鼻くらい。けっこう美人だった。丸眼鏡かけてて、髪を二つにくくってて、ニーソックスはいてた」

瞬太の説明に江本は目をむいた。

「ツインテールのメガネ美人でミステリー研究会会長か！　マニア垂涎《すいぜん》だな！」

口角《こうかく》泡を飛ばさんばかりの勢いである。

「うらやましすぎだよな。赦《ゆる》せん」

岡島は静かに、だが暗い声で怒《いか》りを表明した。

「まったくだね」

女子への関心をあまり示さない高坂も、こればかりは同意見らしい。四人は深くうなずいた。高坂には妹と弟が、岡島には弟が、江本には兄と妹がいるが、姉は全員いないのだ。

「ライトノベルやアニメでは妹ものってよくあるけど、現実の妹って、生意気でうるさくてわがままで、ちっともかわいくないんだよな」

江本がげんなりした顔で言うと、高坂が同意する。

「やたらに図々しいしね。どうせならお姉さんがよかったな」

「きれいで優しいお姉さんとか最高だよね」

瞬太がうっとりと言うと、江本も夢を見るような目になる。

「お菓子作りとか得意だったりさ」

「いいねぇ」

「まあ夢だけどね！」

ふわふわとうかぶ白い雲にむかって、四人は、あーあ、と、ため息をついた。

「ところで沢崎、只野《ただの》先生からは何か言われた？」

高坂に問われて、瞬太は首を横にふる。

「ううん。まだ何も」

「出席はたりてるはずだから、後は学年末試験の結果がどのくらい影響するかだね」

「一応頑張ったつもりだったんだけど、いつもとあまりかわらなかった……」

バレンタインあけから、陰陽屋では祥明に、家では吾郎に勉強をみてもらった、というか、させられたのだ。だが、先週から今週にかけて戻ってきた試験結果は、平均点にして十点あがったかどうかといったところだった。

「そうか……」

さすがの高坂も言葉につまったらしく、後が続かない。

「蛇《へび》の生殺しかぁ」

江本が頭をかきながらぼやく。

「じたばたしないでも終業式にははっきりするだろ」

岡島があくびをしながら応じた。

「終業式って、来週の月曜日だっけ。……結局、三井には何も言えなかったなぁ」

瞬太がつぶやくと、ガシッと江本に両肩をつかまれた。

「今週はやめとけ。たとえ告白が成功しても、月曜に留年が決まったら目もあてられないぞ」

江本の言葉に、高坂と岡島もうなずく。

「……そうだね」

瞬太はしょんぼりと同意した。

「もしおれが留年したら、みんなとも違うクラスになるんだよね」

「安心しろ、昼飯は今まで通り一緒に食べられるから」

江本の言葉に、瞬太は顔をあげる。

「本当に？」

「うん。どうせおまえは授業中ずっと寝てるんだから、知らない連中ばっかりのクラスでも不自由しないいさ。昼はちゃんとつきあうから問題ない」

「そうか。ありがとう」

三人は、ぽんぽん、と、瞬太の肩をたたいた。

きれいに食べ終わった弁当箱をしまって階段をおり、教室に戻ろうとしたら、入り口で他のクラスの女子が瞬太を待っていた。きれいな栗色の髪をショートカットにしており、明るい茶色の目をしている。

「沢崎君？　校内新聞の伝言板に人を捜してますってだしてたよね？」

手に二月の校内新聞を持っている。

「これと同じ写真が、亡くなった祖父のアルバムにはってあるのを見つけたんだけど」

「えっ!?」

女子生徒は二年四組の竹内由衣《たけうちゆい》と名乗った。

「どうして沢崎君がこの写真を持ってるの?」

「実はこれ、おれの写真じゃないんだ。よかったら、放課後、店で詳しい話を聞かせてもらえないかな? 祥明、つまり、陰陽屋の店長にも聞いてもらった方がいいと思うから」

「わかった。今日の放課後、お店へ行くね」

竹内はうなずくと、二年生の教室へ戻っていった。

もしかしたら、葛城《かつらぎ》さんの一目惚れの相手が見つかるかもしれない。少なくとも、手がかりはつかめそうだ。

瞬太はうきうきしながら一年二組の教室に入る。

教室では、三井と倉橋《くらはし》が楽しそうにおしゃべりをしていた。何の話をしているのか、三井はおかしそうにクスクス笑う。

こんな光景を見られるのも同じクラスだからだよなぁ。

瞬太はせつない気持ちで席につき、昼寝にはいったのであった。

西の空にオレンジ色の雲がひろがる五時半ごろ、約束通り竹内は陰陽屋へあらわれた。

「こんにちは……？」

薄暗くあやしげな店内を戸惑った顔で見回す。

「いらっしゃい、お嬢さん。陰陽屋へようこそ」

「あ、えっと、こんにちは」

少しどぎまぎした様子で答える。

「竹内さん、テーブル席に座って」

竹内が来ることは祥明に話してあったので、早速テーブル席に案内した。

「遅くなってごめんなさい。家によって、祖父のアルバムを持ってきたの」

竹内は腰をおろすと、大きなトートバッグから古いアルバムをひっぱりだした。

「この写真です」

竹内が見せたのは、たしかに、葛城が持ってきたものと同じ場所、同じ女性の写真だった。

「ただ、この写真、二十年以上前のものだと思うんです。ほら、下にはってある写真見てください」

竹内が指さした写真は、同じ場所で撮ったものだった。サングラスの女性と、六十代くらいの小柄《こがら》な男性が一緒にうつっている。

「この一緒にうつっているのが祖父なんです。でも、祖父が亡くなったのって、二十年くらい前だそうなので、当然、この写真も二十年以上前のものということになります」

「あれ？　う－ん、でも、葛城さんは最近の写真だって言ってたよね？　このアルバムの写真とそっくりだけど、実は同じ場所で撮った違う写真なのかな？」

瞬太の疑問に、竹内は首を横にふった。

「どう見ても同じ写真よ。後ろにうつっている家もぴったり一致するし、それにこの猫見て。たまたま同じ場所で、同じ柄《がら》の猫が、同じ格好で寝そべってるってことないでしょう」

そう言われてみると、写真の隅に小さくうつっているブチ猫は、額の七三の分け目も、前足をのばしてだらしなく寝そべるポーズも、まったく同じである。

「あと、ほら、雲も一緒だし」

「同じ写真に間違いないようですね。それで、お祖父《じい》さまと一緒にうつっている女性のことはわかりますか？」

「わかりません。たぶん祖父の知り合いだったんでしょうけど。この人が月村颯子《つきむらさつこ》さんっていう名前だってことも、校内新聞を見て初めて知りました。あたし、沢崎君が捜してるくらいだし、この女の人も化《ば》けギツネなのかと思ったんですけど……」

「えっ⁉　化けギツネ⁉」

瞬太は驚愕《きょうがく》して、尻尾《しっぽ》をぴんとたてる。

「うん。沢崎君は化けギツネなんでしょ？　その耳も尻尾も本物だってパソコン部のホームページに書いてあったのを読んだよ」

瞬太はあわてて三角の耳を押さえた。

「みんなは化けギツネなんているわけない、あれはネタだって読み流してたけど、あたしは信じてる。うちの祖父も化けギツネだったらしいから。で、祖父と一緒にうつってる女性を沢崎君が捜してるとなると、当然この人も化けギツネ仲間なのかなって。違う？」

「え？　ええっ？」

瞬太は混乱してしまい、何がなんだかわからない。

「校内新聞には沢崎瞬太の名前で告知をだしてもらっていますが、実はこの女性を捜しているのは、うちの店のお客さんなんです」

「なーんだ、そうだったんですか。じゃあ化けギツネじゃないかもしれませんね」

軽いパニック状態の瞬太にかわって祥明が説明すると、竹内はがっかりしたようだった。

「竹内さんのお祖父さんは化けギツネだったんですか？」

祥明の問いに、竹内はうなずいた。

「酔っ払った時に尻尾がでてたのを見たって、母や伯母《おば》が言うんです。あと、ものすごく身軽だったって。そのせいか、うちの親戚には妙に身軽な人が多くて」

そう言う竹内も、瞬太ほどではないが、目と髪の色がわりと明るい。

瞬太ははっとした。

「もしかして、去年、王子中央病院に入院していた萩本《はぎもと》さん？　ポテチが大好きな」

「うん。それはあたしの従兄《いとこ》。文化祭に沢崎君を見に来たでしょ」

「そういえば、萩本さんの従妹《いとこ》が飛鳥高校にいるらしいって母さんが言ってたかも？あの日はいろいろ大変だったから、すっかり忘れてた」

文化祭の日、瞬太は勢いで三井に自分が化けギツネだと告げたものの、いたたまれなくて逃げ出したのだ。思えばこんなことばかりで、自分でも情けなくなる。その上、祥明の母親があらわれたりで、萩本のことはすっかり記憶の隅っこに追いやられていたのだ。

「キツネ君、そんな大事なことを忘れるなんて……」

祥明は呆《あき》れ顔である。

「お嬢さんの情報提供には感謝します。ですが、今のところ、月村さんのことは何ひとつわかっていません」

その後もろくな情報は入ってきていない。いたずらと人違いばかりだ。

「そっかぁ。じゃああたし、この写真のことを母にきいてみますね」

「そうしていただけると大変助かります」

何かわかったらまた来ますね、と、言い置いて、竹内は帰っていった。

「化けギツネってばれてる……どうしよう……。でも竹内さんのお祖父さんも化けギツネ……？　ええ？　どういうこと？」

　瞬太はまだ頭を抱えてパニック状態継続中である。

「なぜ葛城さんは最近の写真だなんて嘘をついたんだ？」

　祥明は眉をひそめた。


　その夜、瞬太は帰宅すると開口一番、「大変だよ！」と大声をだした。

「どうしたの、瞬ちゃん、まさか留年が決まったの!?」

　蒼い顔でみどりが玄関にかけつけてくる。

「ううん、それはまだ何も言われてない」

「そう、よかった」

　ほう、と、みどりは息を吐く。

「で、何が大変なんだ？」

　エプロンをつけた吾郎も台所から顔をだす。

「ポテチの萩本さんのいとこが、月村さんは化けギツネじゃないかって！」

「えっ、どういう意味!?」

「えーと、だから、おじいさんが化けギツネだったかもしれなくて……えーと、えーと」

「落ち着いて、瞬太。まずは手を洗って、着替えましょうか」

　みどりは苦笑いで言った。

　今夜は春野菜と鶏の蒸し鍋だ。夜になるとそれなりに冷えるので、四月の上旬まではこたつで鍋を囲むことが多い。

　瞬太は忙しく箸と口を動かしながら、今日おこったできごとを順番に話した。

「それで竹内さんは、月村さんが化けギツネなんじゃないかって思ったんだって」

「瞬太が捜してるって勘違いしたのね」

「亡くなったおじいさんの方は尻尾を見たって人もいるし、化けギツネだった可能性は高いと思うんだけど、その月村さんって人はどうかしらねぇ。尻尾見た人もいなければ、つり目かどうかもわからないんでしょ？」

「うん。葛城さんがまた来たらきいてみるけど、そんなすごい特徴があるんだったら、依頼に来た時に言ってると思うんだ。うちのジロを捜した時、やっぱり、尻尾や耳のことはチラシに書いたし」

「まあ、特徴っていえば特徴かしらねぇ」

みどりはプッとふきだす。

「でもたとえば瞬太が行方不明になったとしても、母さんは警察に行って、時々尻尾をだします、とは言わないわよ。イタズラだと思って、本気で捜してくれないかもしれないし」

「あー、そっか」

「まあ月村さんは化けギツネであるとかないとかいう以前に、そもそも行方が知れないんだろう？　あんまり期待しない方がいいと父さんも思うね」

「そうだね……」

瞬太はしょんぼりした顔でうなずく。

「それより、春休みになったら、萩本さんのお母さんや竹内さんのお母さんに話をききに行かない？　亡くなったおじいさんのこと、母さんももっときいてみたいって思ってたのよ」

「行く行く！」

みどりの提案に、瞬太はとびついた。

「あ、でも……二年になれないかもしれないし」

「うーん、二月の初午《はつうま》の時、凧《たこ》を買いに行ったついでに、よくよくお願いしてきたから大丈夫だと思うんだけど、念のためもう一度王子稲荷に行ってこようかしら」

みどりが真剣な顔で言う。

あまり神さまをあてにしすぎるのもどうかと思うが、すっかり試験も終わってしまった今となっては、もはや神頼みしか残っていないのだ。

「まあもしまた一年をやることになっても、長い人生、一年くらいどうってことないから大丈夫さ」

「そうだよね。昼休みは江本たちが一緒にご飯食べてくれるって言ってたし。どうせ授業中は寝てるから、知らない人ばっかりのクラスでも平気だろ、って、はげましてくれたんだ」

「そ、そうか」

吾郎とみどりは複雑な表情でため息をついたのだった。

四

土曜日。

陰陽屋を夕方五時で早じまいした後、祥明と瞬太は洋服に着替えた。上海亭《シャンハイてい》で腹ごしらえをしてから飛鳥高校へむかう。

待ち合わせの六時に行くと、浅田姉弟は校門の前で待ち構えていた。しばらく前に日没をむかえたところで、校舎は灰色がかった夕闇に包まれている。

「ぽつぽつ照明がともっていますが、校内にけっこう人はいそうですか?」

祥明は紀香に尋ねた。

「えーと、二階左手は職員室ですね。あとは福祉実習の準備室とか、先生が使っている部屋がいくつか。もうすぐ春休みだし、成績でもつけてるのかしら?」

紀香の言葉に瞬太は顔をひきつらせた。

「成績……」

「キツネ君、春休みはまた補習なのか? それ以前に、あれだけ特訓したのに、まさか二年生になれないってことはないだろうな?」

祥明の指摘に瞬太はぎくりとする。

「おれ、やれるだけのことはやったから!」

瞬太の言い訳に祥明は疑いに満ちた眼差《まなざ》しをむけたが、それ以上の追及はしてこなかった。

「今はこの話はやめておこう。で、どこから調べますか?」

紀香はかばんからA4の紙をとりだした。

「これが怪談リストです。今日はこの順番にまわっていきます」

陰陽屋で聞いていた通り、七つの項目がずらりと並んでいる。

「わかりました。最初は保健室ですね」

「こちらです」

紀香の先導のもと、一行は歩きだした。保健室の場所くらい瞬太も知っているのだが、何となく紀香には有無を言わせぬ雰囲気がある。これが姉オーラというものだろうか。

四人は昇降口から校舎に入った。昇降口の周りには工芸室、陶芸室、和室などが配置されているのだが、今日は陶芸部も華道部、茶道部もみんな帰ったらしい。静まりかえったコンクリートの廊下に、瞬太たちの靴音がやけにひびく。飛鳥高校では上履きにはきかえないのだ。

「ところでなんで懐中電灯なの？　今日の調査は一応パソコン部とミステリー研究会の部活なんだし、こそこそすることないと思うんだけど」

瞬太が尋ねると、紀香は眼鏡のつるを持ち上げてフッと笑った。

「学校の怪談を調査する時のお約束よ。蛍光灯なんかつけたらつまらないじゃない」

「ふーん？」

そういうものなのだろうか。よくわからない。

紀香は急に、ぴたりと立ち止まった。保健室の前である。

「保健室です。ここの人体模型は夜中に歩きまわるっていう噂があります」

「定番中の定番ですね」

紀香は保健室のドアをあけた。当然ながら誰もおらず、真っ暗である。

「あれです」

紀香は体重計の隣に置かれている等身大の人体模型を懐中電灯で照らしだした。

「これが……歩くんですか？」

　祥明は首をかしげた。

　その人体模型は、顔の右半分以外は全て皮膚がとりはらわれ、筋肉、肋骨、内臓などがあらわになっているよくあるタイプの人体模型だった。ただ問題は、両脚が十センチほどしかなく、ふとももの途中で厚さ二センチほどの薄い台にのせられていたことである。

「人体模型って、こんなんだったっけ？　手足ってついてなかった？」

　高さが九十センチほどしかない模型を見下ろしながら、瞬太は首をかしげた。

「どうだったかな。筋肉メインの人体模型なら手足もつける必要があるが、内臓だけならこれで十分かもしれない。頭もいらないくらいだ」

「じゃあなんで頭つけてるの？」

「頭がないと間抜けな感じになるんじゃないか？」

「ふーん」

「ちょっと失礼」

　祥明はかがみこむと、人体模型の首とふとももを抱えて、ひょいっと持ち上げた。

台も一緒に持ち上がる。

「この台、くっついてますね」

「本当だわ」

「どう見ても歩けないでしょう」

「そのようね」

特に悔《くや》しがるふうでもなく、紀香は肩をすくめた。

「じゃあ保健室の噂は根も葉もない嘘ということで、次に行きましょう」

紀香はポケットからボールペンをとりだすと、一覧表の一行目を横線で抹消した。

くるりときびすを返し、すたすたと歩きはじめる。

「次は同じく一階の和室前にある男子トイレね。幽霊がでるらしいわ」

「花子さんが男子トイレにでるの？」

「たぶん男の幽霊なんじゃないかしら？　花子さんは全国的に、三階のトイレの三番目の個室にいるものらしいし」

「じゃあトイレの太郎《たろう》さん？」

「かもね」

瞬太と話しながら、紀香は男子トイレにずかずかと入っていった。

「ちょ、姉さん！」

「どうせ誰もいないでしょ。電気ついてないし」

紀香は男子トイレ内を懐中電灯で照らす。個室と小用と洗面台の、ごくありふれた男子トイレだ。

「あっ」

浅田が声をあげる。

「何？」

「今、あの三番目の個室から白いもやもやっとしたものが……！　おまえたちにも見えただろう!?」

浅田に同意を求められて、瞬太は困惑した。

「いや、今のはたぶん……」

瞬太が言いかけた時、ギギギッ……と音をたてて、ゆっくり個室のドアがあいたのである。

五

ギャッ、という、瞬太と浅田の悲鳴がトイレに響く。

個室の中からでてきたのは三十歳くらいの男性教員だった。手に携帯灰皿を持っている。トイレで煙草《たばこ》を吸っていたらしい。

つまり浅田が見た白いもやもやは、煙草だったのである。

「男子トイレで何をやってるんだ⁉　早く出て行け」

教員は紀香にむかって、しっしっと手を振って追い払おうとした。

「先生こそいい年してトイレ煙草なんてまぎらわしいことしないでください。そもそもどうして真っ暗にしてるんですか」

「狭くて暗い所じゃないと落ち着いて考え事ができないんだよ」

静かに考え事をするために、わざわざ職員室がある二階からおりてきて、このトイレにこもるのが習慣らしい。

「先生、こんなこと続けてたら、そのうち変質者と間違われて警察よばれちゃいますよ」

浅田は呆れ顔で肩をすくめる。

「そういう不埒《ふらち》な目的なら、そもそも男子トイレじゃなくて女子トイレにひそむだろ。ん？　その長髪の男は誰だ？」

祥明はそっと個室のかげに身をかくそうとしたのだが、失敗したようだ。

「はじめまして、私は……」

「ミステリー研究会の顧問です」

紀香に自己紹介を邪魔された上、勝手な肩書きをつけられて、祥明は眉を片方つり上げた。

「顧問？」

「ミス研はまだ正式な顧問の先生がいないから、外部の方に来て、指導してもらってるんです。茶道部や華道部だって外部の先生に教えに来てもらってるんだし、問題ないですよね」

「んー？　そう言われればそうなのかな？」

祥明もびっくりのたくみな弁舌で、紀香は先生を言いくるめる。

「さ、次へ行きましょうか」

一覧表の二行目も横線で消すと、再び紀香は歩きはじめた。あまり遅くならんうちに帰れよ、と、背後から先生の声がする。

「まさに、幽霊の正体見たり枯《か》れ尾花《おばな》……か。次はどこですか？」

「三番は三年四組の教室。二階です」

三年四組の教室は南校舎の真ん中あたりにあった。もう三年生は卒業してしまっているので、掲示物などは何もなく、がらんとしている。

「この教室に幽霊がいるんですか？」

祥明の問いに、紀香はうなずいた。

「黒板からのラップ音を聞いてしまったカップルは必ず破局する、という奇妙な噂があります」

「ほう、ラップ音ですか」

紀香は深緑色の黒板を懐中電灯で照らした。何も書かれていない。

「別に何も聞こえませんね」

「陰陽屋さんは、霊の気配は感じますか？」

「そうですね……」

祥明は黒板の前に右手をかざし、もったいぶった様子で調べていった。

「霊的な気配はまったくありません」

おもむろに紀香に告げる。

実のところ、祥明には幽霊を見たり感じたりする力はまったくないので、判断しているのは瞬太である。瞬太はあやしげな気配を感じ取ることができるのだ。

「一晩中ここで張り込むわけにもいかないし、保留にする？」

浅田が提案した時。

瞬太は耳をピンとたてた。

カタ……カタカタカタという細かい音が、黒板から聞こえてきたのだ。

「何だ、この音？」
キ、キキキキ、という音も混じる。
「薄気味悪い音だな」

祥明が眉をひそめた。普通の人間の耳にも聞こえているようだ。

「これがラップ音？」

浅田が首をかしげる。

瞬太は念のため、教室後方の黒板にも行ってみた。

「後ろの黒板からは何も聞こえないね。前だけだ」

「噂は本当だったのね！」

紀香は頬を紅潮させている。

「でもこの音、黒板っていうよりは、隣の教室から聞こえてるような……？」

瞬太のつぶやきに、紀香ははっとしたようだった。

「隣に幽霊がいて、ラップ音をたてているってこと？」

紀香は勢いよく三年四組の教室をとびだしていく。

隣の教室はコンピューターグラフィック室、通称ＣＧ室だった。パソコン室より狭く、台数も少ないが、グラフィック作業用のハイスペックなマシンがそろっている。

「誰かいる!?」

紀香が暗い室内を懐中電灯で照らすと、隅っこにたむろする男子生徒が三人うかびあがった。

「うわっ」

男子たちは慌てふためいて立ち上がる。

「な、何だよ急に！」

「あなたたちこそこんな暗い教室で何をしてるの？」

「何って、部活だよ」

「そうそう」

リーダー格らしい福耳の男子が言うと、あとの二人もこくこくとうなずいた。三人とも眼鏡をかけている。

「部活？　こんな真っ暗な中で？　あやしいわね」

「あれ？　先輩たちじゃないですか」

「おお、浅田か」

三人はパソコン部の先輩たちらしい。

「何かゲームチームの作業ですか？」

「あー、うん、そうそう。ここの古い機種で動作確認をね」

「何ですか、これ？　随分古そうですけど」

「ＰｏｗｅｒＭａｃｉｎｔｏｓｈっていう古典マシンなんだけど、何とまだ動くんだよ」

小さな座布団を三枚ばかり重ねたような厚みのある横置きの本体と、その上にのせられた、後頭部がでっぱったような形の重そうなディスプレイ。灰色がかったベージュのカラーがまた古臭い。おそらく飛鳥高校が創立された頃からある骨董品だろう。

「電源を入れてからOSが立ち上がるまで一分はかかるけどね」

「そこがまた新鮮なんだよ。カカカカッ……って、一所懸命読み込んでる音がして」

おそろしく色白の先輩が嬉しそうに補足する。

「カカカ……?」

「うん。ハードディスクを読み込む時、けっこうすごい音がするんだよ。最初からこんなんだったのか、長年使っているうちに老朽化して音が大きくなったのかは、おれにもよくわからないんだけどさ」

「キーボードもすごいんだぜ。カチャカチャじゃなくて、ガシャガシャって音がするんだ」

ひょろりと背の高い先輩が楽しそうに言う。

「さわってみてもいい?」

瞬太が手をのばすと、いきなり手首をつかまれた。

「いいけど手はきれいだろうな？」

「大丈夫、だと思うけど」

瞬太は両手をひらいて見せる。

「ならよし」

瞬太が人差し指でベージュのキーボードをつついてみると、たしかにガシャッと音がひびく。ボタン一個一個の厚みが一センチ近くあり、かなり重く、しっかりした手応えがある。

「もしかして先輩たち、よくこの古いマシンさわりにここに来てます？」

「そんなにしょっちゅうじゃないけど、まあ、たまにな」

「うん。部活終わった後とか、ちょこっと息抜きにね」

福耳の先輩に、色白の先輩である。

「でもなぜ電気をつけないで、真っ暗にしてるんですか？」

「いやまあ、落ち着くっていうか？」

「そうそう、落ち着くんだよな」

三人はちらちらと視線を交わし合う。

「人に言えないようなことしてたんですか？　まさかエロゲーとか」

「しっ、声が大きい！」

福耳の先輩が浅田の口を手でふさごうとした。

「えっ、本当にエロゲーやってたんですか？」

「違う、やってたんじゃない」

「じゃあ何をしてたの？　正直に事情を話さないのなら、職員室行ってもいいのよ？」

「ええっ⁉」

紀香の脅迫に三人は真っ青になる。

「……絶対内緒だぞ」

福耳の先輩が、極秘、と書かれたケースから四角形の板をとりだした。厚さ二ミリ、縦横は九センチほどの黒いプラスチック製だ。色白の先輩は鍵を見せる。

六

「これは我がパソコン部ゲームチーム男子班に代々、密《ひそ》かに伝えられてきたフロッピーディスクと、ＣＧ室の秘密の合い鍵だ」

「フロッピーディスクですか！」

浅田は珍しそうにしげしげとながめた。手にとろうとするが、さっとひっこめられる。

「そういえばここってふだんは鍵がかかってるんでしたっけ。で、このフロッピーディスクの中身は何なんですか？」

浅田の問いに、福耳の先輩はニヤリと笑みをうかべた。

「実は男子班では、このマシンを使ってエロゲーを開発してきたんだ」

両腕を腰にあて、鼻から、フン、と、息をはく。

「は？」

「なんでも二十世紀の昔からＭａｃで動くエロゲーは少なかったらしい。そこで、ないものは作るしかない、という精神で始めたのが最初だそうだ。だがゲームを一本開発するのには時間がかかる。しかも、作っているものがものだけに、校内はもとより、同じゲームチームでも女子班には極秘の作業なのだ」

「いつかは必ず完成させるのが悲願なのだが、はたして我々の在学中にどこまで進めることができるか……」

「このマシンが寿命をむかえる前に完成させることができるかどうか、時間との戦いなのだよ」

三人の先輩が真剣な面持《おもも》ちで語る。

「つまり、合い鍵を使ってしのびこんだ教室でエロゲーを作るという秘密の作業だから、真っ暗な中でこっそり行っている、というわけですか」

浅田は先輩たちの前で堂々と呆れ顔をした。

「ちょうどこの古いマシンの裏側が三年四組の前の黒板だから、黒板からラップ音がするなんて変な噂がたったわけですね」

祥明は、やれやれ、と、肩をすくめた。

「でもそのラップ音を聞いたカップルが破局するっていうのは一体どこからでた話な

のかしら？」

紀香の疑問に答えたのは、長身の先輩だった。

「あー、それは実は、十年ほど前の男子班の先輩たちが流したんだ」

「え、どういうこと？」

「当時三年四組にすごく仲のいいカップルがいて、放課後三時間も四時間も教室に居残ってイチャイチャおしゃべりしたり、時にはキスしたりしてたらしいんだな。で、もう、エロゲー制作の邪魔でしょうがないっていうんで、そのカップルが居残らないようニセの噂をでっちあげたのだ」

「なるほどね」

紀香はいまいましそうに言う。

「これで三年四組のラップ音の謎もとけましたね。次に行きましょうか」

祥明の提案に紀香はうなずいた。

「そうですね。お邪魔しました」

「待ってくれ！　頼みがある！」

福耳の先輩が浅田の腕をつかんだ。

「何ですか？　秘密なら別にもらしたりしませんよ」

「そうじゃない。いや、それもあるが……。頼む、浅田、おまえもゲームチーム男子班に入ってくれ！」

「えっ、僕ですか⁉」

「ＷＥＢチームと掛け持ちでいいから、な、頼むよ」

あとの二人も、手をあわせて浅田を拝んでいる。

「ええと、まあ、今日のところは急ぎますのでこれで」

浅田は腕をつかむ手をふりほどくと、そそくさとＣＧ教室から逃げだした。

「まさかパソコン部内にあんな秘密のチームがあったなんて、びっくりしたわ」

「僕も知らなかったよ」

浅田は前髪をくるくると指にからめながら、息を吐いた。

「頭を切りかえて次、行くわよ。四つめは三階の生物室ね」

「今度はどんな噂があるんですか？」

祥明が尋ねる。

「男子生徒の幽霊がでるそうです」

「また幽霊ですか」

「今度は科学部の連中がいたりして」

「かもね」

浅田のひやかし半分の言葉は、紀香にさらりと流されてしまう。

紀香は生物室の引き戸をあけると、懐中電灯で中を照らした。

静まりかえっていて、今度こそ人の気配はない。主に実験の時に使う、食卓ほどの大きさのある長方形の机が並ぶ。壁際のキャビネットにはビーカーや試験管、顕微鏡などの実験器具がしまわれている。

「何か気配は感じますか？」

「そうですね……」

紀香に問われて、祥明は三年四組でやったように、何かを探っているようなふりをした。瞬太が首を左右に振るのを見て、小さくうなずく。

「霊的な気配はありません。そもそも、なぜここに男子生徒の幽霊がでるなどという噂がたったのですか？」

「もう十年以上前ですが、フナの解剖を楽しみにしていた男子が、前日に交通事故で亡くなってしまい、それ以来、幽霊として生物室にあらわれるらしい、という説がWEBアンケートの方によせられていました」

紀香の説明に祥明は失笑した。

「その設定は有名な漫画のパクリですね」

「えっ、そうなんですか？」

紀香は目をしばたたく。

「そもそも高校でフナの解剖はしないでしょう。小学校か、せいぜい中学までですよ」

「そう言われれば……」

「姉さん私立文系コースだもんね」

「うるさい。次行くわよ！」

紀香は照れ隠しなのか、競歩のようなスピードでスタスタと歩きはじめた。

「五番は四階のデッサン室。ここは石膏像が涙を流すという噂があります」

紀香が懐中電灯をむけると、入り口付近には多くのイーゼルが積み重なっていた。

美術部が油絵を描く時にもこのイーゼルを使っているらしく、部屋中が絵の具臭い。

問題のギリシャ彫刻風の白い石膏像は壁際に並べられていた。ほとんどが頭と首、肩だけの胸像だ。

「泣くのはどれだろう?」

　瞬太は興味津々で見てまわった。

「今は泣いてる像はないみたいだけど……」

「霊的な気配はないですね。ここは最上階だし、雨漏りでもしたんじゃないでしょうか?」

　祥明はみもふたもない結論をつける。

「六番は音楽室のピアノ。夜中に音がするんですって」

「ここも怪異の気配なし。ピアノは夜中に誰かが弾いているだけでしょう」

　さすがに面倒臭くなってきたのだろう。祥明はどんどんすっとばしていく。

「やっぱり全部何の根拠もない噂か。これじゃ特集にならないな」

　浅田はくるくるちぢれた髪を指にまきながら、鼻をならした。

「うるさいわね。次、行くわよ」

　紀香は弟の頬をつねりながら、ひきずっていく。

「いたたたた、痛いよ、姉さん」

「最後は三階の食物室。ちゃんと洗ったはずの包丁が、なぜか血まみれになっているという噂です」

階段をおりながら紀香が説明した。血まみれ包丁は江本たちも知っていた有名な怪談だ。

食物室というのは、要するに、調理実習室である。飛鳥高校には食堂の調理室があるため、まぎらわしくないように、食物室という名前にしたようだ。男女ともに家庭科が必修なので、瞬太も何度か食物室に来たことがある。

「あっ、ここは……」

食物室の前で、瞬太ははっとして立ち止まった。

「何か怪異の兆候が!?」

期待にみちた表情で紀香が尋ねる。

「ううん。すごくいい匂いがする」

瞬太は幸せそうな顔で、胸いっぱいにおいしい匂いの空気を吸い込んだ。

「そりゃそうだろう、食物室なんだから。おれにもバニラエッセンスの匂いぐらいわかるぞ」

祥明は呆れ顔で肩をすくめた。

「あっ、あれは何だ!?」

浅田のヒステリックな声がひびく。

「え、どれ？」

「ほら、あそこだよ！」

浅田が指さした方向に紀香が懐中電灯をむける。丸い光が照らしだしたのは、銀色の調理台に置かれた血まみれの包丁だった。

七

「うわっ」

瞬太は驚いて声をあげ、後ろにとびすさった。祥明も眉根をきゅっとよせる。

「伝説は本当だったのね！」

紀香だけは大喜びで、二つにくくった髪をゆらしながら包丁にかけよった。

「調理実習で使う普通の包丁ね。まだ血が乾いてないわ。授業で使った後、洗い忘れたっていうんじゃなさそう。まさに怪奇現象ね」

親指と人差し指で包丁の柄をつまみ上げて、刃先から調理台に赤黒い血がしたたり落ちるのを嬉しそうに確認する。さすがはミステリー研究会会長だ。たいした度胸である。

「陰陽師さんの見立てはどうかしら？」

「流血沙汰の凶器でなければいいのですが」

祥明は慎重に周囲を見回しながら、包丁に近づいた。瞬太もこわごわ食物室に足をふみいれ、調理台に近よる。

霊の仕業《しわざ》だろうか？

それとも飛鳥高校殺人事件か？

いやいや、人間の血とは限らない。魚や肉を切ってついた血かもしれないじゃないか。

落ち着け、おれ。

瞬太はドキドキしながら調理台に近づいた。

「あれ？」

瞬太は首をかしげた。包丁のそばまでよって、鼻をヒクヒクさせる。

「これ、血じゃないよ。絵の具だよ。においが全然違う」

「えっ⁉」

紀香は驚いて、包丁を鼻先までつまみあげてにおいをかいだ。

「そう言われれば絵の具のにおいがする……」

「いったい誰がこんないたずらをしたんだ」

浅田は腕組みをして、不愉快そうに舌打ちする。

「ちょっとこの包丁貸して」

「いいけど」

紀香から包丁を受け取った瞬太は、もう一度、丁寧ににおいを確認した。食物室の備品なので、この包丁を使ったいろんな生徒のにおいや、この包丁で切った食材のにおいが混じっている。一番強く残っているのは、今、柄をつまんだばかりの紀香の手のにおいだ。それからもちろん赤い絵の具のにおい。そしてこのにおいは……

「浅田のにおいがする」

「真哉の？　なぜ？　真哉はこの包丁さわってないわよ」

「おや、どういうことでしょうね、浅田君。もしや君が絵の具を仕込んだ犯人ですか？」

祥明に追及され、浅田はムッとして顔をしかめる。

「言いがかりもはなはだしいですよ。そもそも沢崎、君がかいだのが本当に僕のにおいだっていう証拠でもあるのか？」

「だって、指からシャンプーや男性用整髪料のにおいがするのって、浅田くらいだろ？　おまえいつもそうやって前髪をくるくるしてるから、指ににおいがついちゃってるんだよ」

「はあ？　包丁から僕の整髪料のにおいがするって言うのか？」

浅田は肩をすくめ、顔を右下にむけながら、フン、と、鼻をならした。

「勘弁してほしいね。その包丁から整髪料のにおいなんか全然しないよ。とんだぬれぎぬだ」

「う……だって……」

瞬太は言葉につまった。自分は化けギツネだから、普通の人間とは嗅覚《きゅうかく》のレベルが全然違う。だがそんなことを説明しても、とても信じてもらえそうにない。そもそも先月も自分から正体を暴露して肝を冷やしたばかりである。

「ふむ、そういうことか」

祥明はもちろん瞬太の嗅覚のことをよく知っているので、浅田に冷ややかな眼差《まなざ》しをむけた。

「浅田君」

祥明が何か言おうとした時。

「しらじらしい嘘をつくのはやめなさい！」

腕組みをし、高圧的な態度で浅田を叱りつけたのは紀香だった。

「ね、姉さん!?　まさか沢崎のたわごとをまにうけてるんじゃ……」

「あたしの目はごまかせないわ。あんたは嘘をつく時、右下を見るくせがあるのよ」

右手の人差し指をびしっと浅田の眼前につきつける。

「ええっ!?」

「それに声がうわずる！」

「う、うわずってなんか……」

そう言う浅田の声は、たしかにうわずっていた。さすがは姉である。

「あんたは証拠をでっちあげてまで怪談特集を盛りあげたかったの？　わが弟ながら情けない！」

紀香は左手で弟のブレザーの襟《えり》をつかみ、右手の握り拳を肩の高さにかまえた。

「ち、ちが……」

浅田は腕で顔をガードしながら、必死で否定する。姉よりも五センチばかり背が高いのだが、完全に迫力負けしている。

「お姉さん、暴力はよくないよ。浅田はたぶん、ううん、きっと、怪談が本当だったってことにして、お姉さんを喜ばせようとしたんだよ！」

暴力沙汰を止めるために、なんとなく瞬太は浅田をかばってしまう。

「こいつはそんな姉おもいの優しい弟なんかじゃないわ。むしろ、姉をだまして、かげで笑いものにしようとたくらむような性悪な弟なの！」

「いくらなんでも、お姉さんにそんなひどいことはしないんじゃ……」

「そ、そうだよ、姉さん。考えすぎだって」

浅田はなんとか言い逃れようとする。

「するかもしれませんね」

「祥明？」

「キツネ君、君は自分が浅田君に何をされたかもう忘れたのか？」

君の頭は本当におめでたくてうらやましいね、と、祥明は瞬太の額をつつく。

「そういえば……」

浅田ってけっこうひどい奴だったかも、と、今更瞬太は思いだす。

「真哉……正直に吐きなさい」

紀香は弟の喉元《のどもと》をぐいぐいしめあげる。

「だって……姉さん、いつも横暴だし……陰陽屋も何かと高坂に協力的で目障《めざわ》りだし……だから……」

浅田は息もたえだえである。

「へぇ、だから何？」

「う……」

紀香はきゅうっと唇と目と眉をつりあげて、迫力満点の笑みをうかべた。

なんて恐ろしい光景なんだ……！

お姉さんって、もっと、優しくて甘やかな存在じゃなかったのか!?

その夜、瞬太は、薄暗い食物室で、心の底から恐怖で凍りついたのであった。

八

怪談調査から一夜あけた日曜日の夕方。

昼過ぎまで寝た祥明は、のろのろと黒スーツに着替えて、六本木《ろっぽんぎ》のクラブドルチェにむかった。葛城に会うためだ。

大通りから一本入った狭い道ぞいの雑居ビルにクラブドルチェはこぢんまりとした店を構えている。

まだ開店五分前だったが、葛城はもうカウンターに立って、氷を削っていた。きれいな球形をつくっている。

「おや、ショウさん。ホスト復帰ですか？」

祥明がカウンターの高いスツールに腰をおろすと、葛城はたいして驚いたふうでもなく、にっこり笑った。

「今日は客です。別に男子禁制じゃないですよね？」

「もちろんです。何にしますか？」

「葛城さんにおまかせで」

「じゃあ何か春らしいカクテルにしましょうか」

「葛城さんも一杯いかがですか？」

「ありがとうございます。でも私は弱いので……」

「バーテンダーなのに？」

「困ったものでしょう？」

葛城は苦笑すると、リキュールやフルーツを選びはじめる。

いつのまにか開店したらしく、ちらほらと女性客が入りはじめた。みなお気に入りのホストを指名して、テーブル席に案内されていく。

「あの月村さんの写真、二十年以上まえのものですよね。同じ写真を持っている人がいたんですよ」

「颯子さんの写真を？」

葛城は手をとめて、祥明にききかえした。

「ええ。どうして最近撮った写真だなんて嘘をついたんですか？」

「すみません。悪意はなかったんです。これが二十三年前の写真だと言ったら、ショウさんは四十歳以上の女性を捜すでしょう？」

「おそらくそうですね」

「颯子さんは、おそらく今でも、ほぼこのままです。髪型はかえているかもしれませんが」

「お金の力で？」

「整形なんかしてませんよ。彼女はそういう体質なんです」

外見は二十代だが実年齢は四十代。そういう女性も珍しくない。何より女性には化粧という強力な武器があるのだ。

だがもう一つの可能性がある。

竹内由衣の推理通り、月村颯子が化けギツネだとしたら？

化けギツネは人間とは老化の速度が違うのではないか？

「でももうずっと会ってないんですよね？　どうして今でも若い頃のままだってわかったんですか？　誰かが見かけたとか？」

「四十年前からずっとこの顔だったから、と言ったら、信じてくれますか？」

「え？」

まるで葛城が四十年前にも月村颯子に会ったことがあるような口ぶりである。葛城こそ三十代にしか見えないが、まさか……？

「冗談ですよ。忘れてください」

葛城はにっこりと笑う。

「葛城さん、いつもそのサングラスをかけていますが、何か理由があるんですか？」

「ああ、これは雅人《まさと》さんの指示です。バーテンダーがホストより目立っちゃいけないからって」

「相当な美貌ってことですか？」

「いやいや、逆に見苦しすぎるからですよ」

「ほう」

祥明は両手を葛城のサングラスにのばした。もしもこの濃いサングラスの下に、金色に光る瞳が隠されていたら……

祥明の長い指がサングラスに届きそうになった時。

「その人は店に入れちゃダメだ！」

店長の声が聞こえてきた。

「大変なことになる！」

暴力団の関係者でも入ってきたのだろうか。かなり緊迫した様子である。

祥明がふり返って入り口を見ると、そこにはよく知った女性の姿があった。長い髪、自分と似た顔。あれは間違いなく……

「お母さん!?　なぜここに……」

祥明は思わず立ち上がった。

「ちょうど渋谷《しぶや》にいた時に、ショウがドルチェで飲んでるってネットのつぶやきを見かけたから、大急ぎでタクシーをとばしてきたのよ。やっぱりあなたのことだったのね、ヨシアキ！」

「な!?」

よく見ると、いつのまにか店内は満員になっていた。みな祥明、いや、ショウをご贔屓《ひいき》にしていた女性たちだ。

祥明がテーブル席に顔をむけるのを待っていたかのように、一斉にフラッシュが光り、シャッターをきる音がする。

「こ……これは……」

ネットの力、あなどりがたし。

月村颯子捜しには全然役に立たなかったくせに、なぜ今日に限って。

いや、今はそんなことに腹をたてている場合ではない。

「ヨシアキ～！」

優貴子《ゆきこ》は店長をつきとばして、カウンターの方に走ってこようとする。祥明がからんだ時の馬鹿力はすさまじいのだ。慌てて雅人が優貴子をつかまえようとするが、するりと逃げられてしまう。

「逃げて！　ショウさん！」

優貴子をつかまえてくれたのは燐《りん》だった。

「ショウさん、裏口からどうぞ」

「くっ……」

葛城からも促《うなが》され、祥明は後ろ髪をひかれつつもドルチェから脱出せざるをえなかったのであった。

九

月曜日は終業式だった。

静まり返った教室で、一人一人、通知表が手渡される。

「沢崎君」

只野先生に名前をよばれて、瞬太はビクッとした。さすがの瞬太も、今日ばかりは必死で起きていたのだ。

「一応二年生には進級できましたが、春休みは毎日補習です。いいですね」

「あ……ありがとうございます」

瞬太は心からほっとした。

ちらりと三井の方を見ると、にこりとうなずき返してくれる。

この笑顔にまた一年間会えるのだ。

瞬太は天にも昇りそうな心地だった。

ホームルーム終了後、もう食堂は春休み休業に入っているので、いつもの四人で上海亭へ昼食をとりに行くことにした。

「まずは沢崎の進級を祝して！」

江本の発声で、四人はウーロン茶をかかげる。ちなみにウーロン茶は江美子《えみこ》からの差し入れだ。

「これで三井とも同じ学年をキープできたな！」

「まだクラス替えの可能性は残ってるけど」

「うっ」

岡島に言われて、瞬太はハッとした。

「忘れてたのか……」

江本に呆れ顔をされ、瞬太はこくりとうなずく。

一難去ってまた一難とはこのことだ。

「まあ、あんまり欲張りすぎると罰《ばち》があたるから、今日のところは奇跡的に進級できただけでよしとしておけよ」

「うん……」

瞬太は力なくうなずく。

「ところで、学校の怪談の調査はどうだった？」

高坂が好奇心にみちた目で尋ねる。

「あー、ひどかったよ。お姉さんめっちゃ怖かったし。まさに怪談だったね」

瞬太はチャーハンを食べながら、土曜日の夜の顚末《てんまつ》を話した。

「浅田はいつも横暴なお姉さんと、文化祭の時に新聞同好会に協力をした陰陽屋にまとめて仕返しをするつもりだったみたい。絵の具だって見抜けなかったミステリー研究会会長と陰陽師って校内向けホームページですっぱぬいて、恥をかかせてやろうっていう計画だったんだって」

「それで、わざわざ赤い絵の具をつけた包丁を用意しておいたのか」

高坂が呆れ顔になる。

「うん。ちゃんと指紋をふきとって、自分の仕業だってばれないように偽装してたらしいよ」

「まさか整髪料のにおいでばれるとはな！」

江本がケラケラ笑う。

「それで、結局、五万円はもらえたのか？」

「うん。お姉さんが浅田のパソコンを売り飛ばしてお金をつくったみたい」

「お姉さん怖いなぁ。けど、まあ、浅田の自業自得か」

「浅田の計画って、完全にやらせだもんな」

岡島は焼き餃子をパクリと飲み込みながら言った。

「パソコン部の卑怯《ひきょう》なやり方を新聞ですっぱぬいちゃえよ！」

江本が高坂にけしかける。

「うーん、それをはじめると泥沼になっちゃいそうだからなぁ。未遂だったし。パソコン部ぐるみっていうわけじゃなくて、浅田の単独行為だからね」

「泥沼か……。たしかにパソコン部と新聞同好会でお互いの悪口を書き続けたら、えんえんと続きそうな感じはするな」

「それよりも、浅田姉弟のおかげで、面白いネタを思いついたよ」

「え、新聞同好会でも学校の怪談をとりあげるの？」

「もっと普遍的なテーマさ」

高坂はにっこり笑った。

「男子高校生にとっての理想の姉と現実の姉特集ってどう？」

「うひゃひゃ、最高だね！」

四人は思わず顔を見合わせてふきだしたのであった。


火曜夜、八時すぎ。

「一昨日《おととい》は迷惑をかけてすみませんでした」

休憩室で、珍しく祥明は電話にむかって神妙な顔をしている。クラブドルチェの雅人からかかってきたのだ。

「あれが伝説のピンドン事件のお母さんか。おまえもいろいろ大変だな」

「ええ、かなり……」

祥明は深々とため息をつく。

「本当に申し訳ありませんでした」

「その件はもういい。今回は特に被害があったわけじゃないし。そもそもおまえがドルチェに来ていることをネットに流した綺羅《きら》が悪い」

「綺羅だったんですか……」

「おれがシメといてやったから安心しろ。それよりおまえ、葛城の住所を知らないか？」

「いえ、知りませんが、何かあったんですか？」

「あいつ、昨日から無断欠勤してて、いくら携帯にかけてもつながらないんだよ」

「え……？」

「こんなことは初めてだから、部屋で倒れてるんじゃないかと思って、武斗《たけと》に様子を見に行かせたんだ。だが、あいつが店に入った時の住所にはもういなかったんだよ。去年引っ越したらしくてさ」

ドルチェには葛城しかバーテンダーがいないので、かなり困っている様子である。

「あの……ヘルプに入りましょうか？　陰陽屋はもう閉店の時間なので、今から行けますが」

「いや、絶対に来ないでいいから」

雅人はキッパリと拒絶した。

「おまえは陰陽屋のことだけを考えろ」

とってつけたような一言に、祥明は返す言葉もない。重ねて陳謝し、通話を終了したのであった。

「葛城さん、いなくなっちゃったの？」

仕事着から制服に着替えながら、瞬太が尋ねる。今日から春休みなのだが、瞬太は午前中、補習だったのだ。

「まだ二日だけだし、何とも言えないが……」

「もしかして、月村さんだけじゃなくて、葛城さんも化けギツネなのかな？」

「さあな。おまえは何か感じなかったのか？」

「全然……」

瞬太は狐耳の裏をかきながら、困り顔になる。

「どうしておれに何も言ってくれなかったのかな。もし葛城さんも化けギツネなら、いろいろ話を聞いてみたかったのに……」

瞬太は自分以外の化けギツネを一人も知らないし、話したこともないのだ。

「子供は嫌いなんだよ、きっと」

祥明は面倒臭そうに肩をすくめる。

「えー……」

「そういえば、昼間来たお客さんから差し入れで桜のあんぱんもらったぞ」

祥明があからさまに話題をかえたのに瞬太は気づいたが、残念ながら、あんぱんの魅力には勝てない。

「春限定の？　もうそういう季節になったんだね」

「特別に一個わけてやろう。進級祝いだ」

祥明がくれたあんぱんを瞬太は嬉しそうに受け取る。

あんぱんのてっぺんにのせられた桜の花の匂いを胸いっぱい吸いこんだ。しょっぱい春の香りが鼻をくすぐる。

「そういえば音無《おとなし》親水公園のそばにあるレストランでもお花見シーズン限定の桜スパゲティっていうのをはじめたって母さんが言ってたよ」

瞬太はあんぱんをぱくりとかじった。こしあんに桜葉茶がまぜられていて、桜の味がする。

「ほう、それは気になるな。じゃあ今夜はそれにしよう」

祥明も早速着替えはじめる。

「陰陽屋でも何か春限定の占いをやる？」

「うーん……面倒臭いからうちはいい。花見に行く暇がなくなったら困る」

「それもそうだね」

黒いドアに鍵をかけ、階段をあがると、空にはまんまるな月がういていた。満月だ。

「葛城さんもどこかでこの月を見てるのかなぁ」

「きっと見ながら酒を飲んでるな。どこぞの化けギツネのようにうっかり尻尾をだしていないといいが」

「そうだね」

プッ、と、瞬太は笑った。


その頃、王子駅のそばのハンバーガーショップでは、男子高校生三人が難しい顔で額をつき合わせていた。地下フロアの隅のテーブルに陣取り、ひそひそと話している。

「やっと遠藤《えんどう》さんからの調査報告がきた。三井さんはバレンタインデーに、倉橋さんと一緒に陰陽屋さんに手作りチョコを持って行ったそうだ。情報源は倉橋怜ファンクラブなので、まず間違いはないだろうと言っていた」

高坂の話に、江本と岡島はまったく驚かなかった。むしろ、予想通り、という顔をしている。

「三井は店長さんのこと好きなのかな？　それともあこがれてるだけ？　倉橋と一緒に行ったってことは、ただのノリってこともあるよな？」

江本の疑問に答えたのは二段重ねのハンバーガーをかじる岡島だった。

「あれは間違いなく恋だろ。特に年末あたりから、髪つやつやの瞳うるうるで、恋する乙女オーラでまくってるじゃん」

おそるべきオヤジの眼力である。

「確定か……」

うーむ、と、江本はうめいた。

「おまえだって感づいてたから沢崎の告白をとめてたんだろ？」

「う……まあな。だって狐の行列の時、三井は店長さんの方をずっと見てたし。沢崎のことなんかちらっとも見なかったもん。それにしてもライバルがあの店長さんじゃ、沢崎に勝ち目があるとは思えないんだけど、どうしたものかな」

三人は一斉にため息をつく。

「店長さんってさ、顔がよくて、頭がよくて、声がよくて、背も高くて、ずるくないか？　性格は悪いって沢崎が言ってたけど、何だかんだで頼りになるし」

岡島は顔をしかめて腕組みをした。

「貯金は全然ないらしいよ。……沢崎もないから一緒なんだけど」

江本は情けなさそうな笑みをうかべる。

「沢崎、いいやつなんだけどなぁ」

岡島が顎《あご》をつまんで、しみじみ言うと、再び三人は一斉にため息をついた。

「唯一の救いは、店長さんが三井さんにまったく無関心なところかな」

高坂の発言に、江本は大きくうなずく。

「そうそう。店長さんは行列の時、一度も後ろをふり向かなかった。そこは大丈夫だと思う。沢崎は何度もふり返っては、三井のお父さんににらまれてたけど。それにほら、沢崎って子供の頃からお稲荷さまのご加護受けまくりなんだろ？　二年生に進級できたのだって奇跡だし。いざとなったら三井のこともお稲荷さまが何とかしてくれるんじゃないの？　狐の行列の後、王子稲荷で一所懸命お願いしてたじゃん。お賽銭《さいせん》は十五円だったけどさ」

岡島は顎をつまんで、頭を左右にふった。

「それを言うなら、三井だってかなり熱心にお願いしてたぜ。あれきっと、店長さんのことだろ。おまえが神さまだったら、いつも寝てばかりの狐とかわいい女子高生のどっちの願いをかなえてやる？」

「うっ……」

ポテトをつまむ江本の指がとまる。

「沢崎、いいやつなんだけどな……」

再び岡島がしみじみと言うと、うんうん、と、江本と高坂もうなずいて、三人は三度目のため息をついたのであった。

王子が桜にうもれる爛漫《らんまん》の春まで、あと少しである。

参考文献

『現代・陰陽師入門　プロが教える陰陽道』（高橋圭也／著　朝日ソノラマ発行）
『安倍晴明　謎の大陰陽師とその占術』（藤巻一保／著　学習研究社発行）
『陰陽師列伝　日本史の闇の血脈』（志村有弘／著　学習研究社発行）
『陰陽師』（荒俣宏／著　集英社発行）
『陰陽道奥義　安倍晴明「式盤」占い』（田口真堂／著　二見書房発行）
『野ギツネを追って』（D・マクドナルド／著　池田啓／訳　平凡社発行）
『狐狸学入門　キツネとタヌキはなぜ人を化かす?』（今泉忠明／著　講談社発行）
『キツネ村ものがたり　宮城蔵王キツネ村』（松原寛／写真　愛育社発行）

本書は、書き下ろしです。

よろず占《うらな》い処《どころ》 陰陽《おんみよう》屋《や》あらしの予《よ》感《かん》

天《あま》野《の》頌《しよう》子《こ》

2013年5月5日初版発行
2013年9月14日第6刷発行
発行者……………坂井宏先
発行所……………株式会社ポプラ社
〒160-8565 東京都新宿区大京町22-1
電話……………03-3357-2212(営業)
03-3357-2305(編集)
0120-666-553(お客様相談室)
ファックス……………03-3359-2359(ご注文)
振替……………00140-3-149271
フォーマットデザイン 荻窪裕司(bee's knees)
印刷・製本 凸版印刷株式会社

ポプラ文庫ピュアフル

ホームページ http://www.poplarbeech.com/pureful/

N.D.C.913/318p/15cm
ISBN978-4-591-13465-8

ポプラ文庫ピュアフル7月の新刊

伊藤遊
『つくも神（仮）』

奇妙な置物を見つけた日から、身の回りで起こりはじめた不思議な出来事――少女たちと古道具に宿った「つくも」の交流を描く心温まるファンタジー。

佐々木禎子
『パフェバー　マジックアワーへようこそ（仮）』

体が弱くてすぐ倒れてしまうことが悩みの音斗。中学生になった彼を助けるために、隠れ里からやってきた遠縁の親戚は、とんでもない人たちだった……！

緑川聖司
『晴れた日は図書館へいこう』

憧れの従姉が司書をしている図書館で小学5年生のしおりが出会う、ちょっと変わった謎の数々。本を愛するすべての人に贈る、やさしいミステリー。

宮下恵茉
『あの日、ブルームーンに。』

初めての恋をして、わたしはひとつ、大人になる――圧倒的共感の声が続々と寄せられた切ないラブストーリー、書き下ろし短編を加えて待望の文庫化！